KB051063

보통의 노을

|주|자음과모음

이희영 장편소설

보통의 노을

차례

불길한 미소

최지혜 씨는 디자인을 먼저 봤다. 나는 가격표를 흘낏거렸다. '미친 거 아니야?' 이 한마디를 어금니 사이로 짓씹었다.

"별로야."

"잔말 말고 걸치기나 해 봐."

내 말을 순순히 따라 줄 우리의 최지혜 씨가 아니었다. 점원이 옷을 꺼내서는 등 뒤로 다가왔다. 잔말 말고 걸치라는 뜻이다. 어서! 싶은 최지혜 씨의 눈치에 나는 낡은 점퍼를 벗었다. 점원이 입혀 준 옷은 너무 가벼웠다. 초경량이란 말이 괜히 붙은 건 아닌 듯싶었다. 디자인 역시 세련됐고 무엇보다 따뜻했다. 포근함이 절로 느껴진다고나 할까.

"어머, 정말 잘 어울리신다. 키도 크고 어깨도 넓으셔서 뭘 입어도 멋지네요."

내 입으로 말하기 뭣하지만 나는 소위 옷발 좀 받는 몸매다. 점원의 칭찬처럼 뭘 입어도 어울린단 말이다. 그러니 한 벌에 50만 원이 넘는 고가의 패딩은 입지 않아도 된단 뜻이다. 사람들이 누누이 강조하지 않았는가. 다 함께 외쳐 보자. 패션의 완성은 뭐다?

"됐어. 마음에 안 들어."

"나는 마음에 들어. 그냥 그거 해. 이제 곧 추워질 거야. 제대로 된 점퍼 하나 정도는 있어야지."

"그래요. 누나가 사 주는 건데. 좋겠다. 누나가 동생 옷도 사 주고."

짝짝 박수를 치는 종업원을 향해 최지혜 씨가 은근한 미소를 보냈다.

"누나 아닌데요."

그런가 보다, 할 것을 우리의 최지혜 씨는 단 한 번도 그냥 넘어가는 법이 없다.

"아들이에요. 제가 낳은 아들."

점원이 두 눈을 깜빡이며 나와 최지혜 씨를 번갈아 보았다. 왜 안 그러겠는가. 열여덟의 껑충한 고등학생을 아들이라 말하는 최지혜 씨는, 누가 봐도 20대 후반 같았다. 아들을 낳기는커녕 결혼조차 하지 않은 것처럼 보였다. 사람들은 너 나 할 것 없이 최지혜 씨를 아가씨라 불렀다. 그러나 겉모습이 어려 보일 뿐 최지혜 씨의 정확한 나이는 올해로 서른하고도 넷이다.

"어…… 어머. 겨, 결혼을 진짜 일찍 하셨나 보다. 영락없는 오누이로 보이세요. 엄마가 젊어서 아들이 정말 좋겠다."

그나마 오누이는 양반이다. 안 그래도 젊은 엄마는 또 과하게 동안이다. 덕분에 가끔 말도 안 되는 오해를 사는 경우도 있는데 엄마가 내 팔짱이라도 끼면, 뭐지 저 둘은? 싶은 찌릿한 시선들이 사방에서 날아든다. 남매라면 그토록 예뻐 죽겠단 눈빛으로 상대를 바라보진 않을 테니까.

내가 180이 넘는 키를 자랑한다면 엄마는 160도 안 되는 작은 체구를 지녔다. 금방이라도 바스라질 것 같은 강파른 몸에서 어떻게 나처럼 커다란 녀석이 튀어나왔을까 싶다. 엄마는 저리 작고 말랐는데 왜 나는 이렇게 골격이 크지? 괜한 의구심이 밀려들었다.

"결혼 일찍 하는 것도 정말 좋은 것 같아요. 아빠가 크신가 보다. 엄마는 이렇게 체구가 작고 마르셨는데. 좋겠다. 곱상한 얼굴은 엄마 닮고 체격 좋은 건 아빠 닮고. 학생은 부모님 좋은 점만 쏙 빼 닮았네요."

"저기요……."

"알았어. 이거 사자, 초경량. 진짜 가벼워."

황급히 막아서지만 이번에도 그냥 넘어갈 최지혜 씨가 아니었다.

"나 결혼 안 했는데. 그리고 우리 아들은 아빠 없어요."

싱긋이 웃는 엄마와 달리 점원은 아예 울어 버릴 기세다. 비록 판매하고 있는 겨울 점퍼가 초경량이라 해도, 판매자의 입까지 덩달아 가벼울 필요는 없지 않을까. 아들이 있으면 결혼했다 믿는다. 자식이 있으면 남편이 있다 여긴다. 유명 연예인이 홍보하는 고가의 패딩을 입으면 다들 '저렇게 멋있어질까?' 생각하는 것처럼, 한마디로 사람들이 너무 단순하단 뜻이다.

"이거 다 거품이야. 인터넷에선 10만 원대도 수두룩한데."

엄마 등살에 못 이겨 샀지만 너무 과하단 생각이 든다.

"요즘 그 브랜드가 인기라며. 야, 그거 싼 거야. 더 좋은 건 70~80만 원 아니, 100만 원도 넘어."

"나는 브랜드 따위 신경 안 써."

50만 원, 정확히 52만 7000원이다. 엄마가 이 돈을 벌려면 몇 개의 액세서리를 팔아야 하고, 몇 명의 수강생을 받아야 하는지 내 머릿속에서는 그 계산이 먼저다.

"그리고 대충 좀 넘어가."

나는 흘낏 엄마를 곁눈질했다. 뭘? 하고 되묻듯 최지혜 씨가 두 눈을 크게 떴다.

"굳이 그런 것까지 다 말해야 해? 솔직히 엄마랑 나, 모자 사이로 보는 사람이 몇이나 돼?"

엄마를 만난 사람들은 눈 앞의 여인이 30대 중반이란 사실에 한 번 놀라고, 자녀가 있다는 사실에 두 번 놀라며, 그 아들이 무려 열여덟이나 되었다는 사실에는 놀람을 넘어 아연과 실색을 감추지 못했다. 우리 모자의 나이는 딱 열여섯 살 차이니까. 그래, 맞다. 엄마는 고등학교 1학년 때 나를 낳았다.

"아들, 내가 창피해?"

엄마가 걸음을 멈췄다. 나도 따라 멈춰 섰다. 어깨까지 내려오는 생머리에 동그랗고 하얀 얼굴, 라운드 티셔츠에 하늘색 카디건, 찢어진 청바지와 스니커즈를 갖춘 엄마는 누가 봐도 30대로 보기 어려웠다. 아이가 있거나, 그 아들이 열여덟이나 되었다고는 상상도 할 수 없을 것 같았다.

"너 형제 없다며. 그런데 왜 누나가 왔어?"

새 학기가 시작되고 학부모 상담이 있을 적마다 아이들은 주구장창 내게 있지도 않은 누나의 존재를 물어 왔다.

"누나 아니야. 엄마야."

지금은 젊다 하지만 내가 초등학교 저학년 때만 해도 다들 어리다고 했다. 하지만 엄마는 부러 나이 들게 꾸민다거나 노숙한 옷차림을 하지 않았다. 그럴 필요도 이유도 없었으니까. 언제나 자유로운 모습으로 생활했고 나도 그런 엄마를 한 번도 창피해한 적이 없었다. 다만 남들에게 굳이 우리 모자의 'Too Much Information'을 제공할 필요가 없다는 생각만은 늘 한결같다.

"누가 창피하대? 그냥 쓸데없는 것까지 일일이 말할 필요 없다는 거잖아."

"먼저 쓸데없는 말을 한 건 옷 가게 직원이었어."

엄마가 성큼 걸음을 옮겼다. 나도 나란히 보폭을 맞추었다.

"칭찬이잖아. 최지혜 씨 아들 잘생겼다는 칭찬."

"그래서 너는 그 이야기 들으니 기분 좋디?"

솔직히 말해 전혀 아니다. 남편 운운하는 것도 멋대로 아버지를 들먹인 것도 싫었다. 50만 원이 넘는 옷을 아무 말 없이 계산하고 속히 매장을 빠져나오고 싶을 만큼. 물론 어떤 적의나 비아냥거림을 느낀 것은 아니었다. 하지만 점원 입에서 흘러나온 이야기가 썩 달갑지 않은 건 사실이었다.

"그나저나 계획에도 없는 지출을 하셨으니. 수강생이라도 더 들어왔어? 아니면 대박 날 신상이라도 기획한 거야?"

가라앉은 분위기를 바꾸려 물었는데 엄마는 천진하게 웃으며 고개를 저었다. 덕분에 화기애매한 분위기는 전보다 수십 미터는 더 가라앉았다. 바닥에 싱크홀이 생기지나 않을까 걱정될 만큼 말이다.

"수강생 모집한다는 전단지 의뢰했어?"

"아니."

"새 디자인 연구는?"

"기존 것도 잘 나가."

"내가 지난주에 사다 준 주얼리 잡지 창간호는 봤어?"

"카피는 싫어."

"누가 카피하래? 참고만 하라고. 공부 안 하지, 정말."

엄마가 우뚝 걸음을 멈췄다. 암팡지게 노려보는 폼이 적잖이 화가 나신 것 같은데 나 역시 짜증이 솟구치는 건 어쩔 수 없었다.

"너 자꾸 잔소리할래?"

누군 잔소리가 취미이자 특기라서 이러는 줄 아나. 나도 정말 싫다. 아무 계획 없이 뭉텅뭉텅 돈을 쓰고, 일에는 언제나 유유자적하니까 하는 소리다. 돌아가는 상황을 보니 내년 되면 또 가겟세가 오를 것 같은데, 그럼 미리미리 대비해야 하지 않을까?

"잔소리가 아니라, 내가 전에도 말……."

"됐어. 너랑 말 안 해."

엄마가 잰걸음으로 멀어져 갔다. 또 단단히 삐진 모양이다. 물론 알고 있다. 엄마가 아무 계획 없이 돈을 쓰지 않는다는 것을. 그랬다면 오늘의 엄마와 나는 존재하지 않았을 테니까. 하지만 최지혜 씨는 누가 뭐래도 자영업자다. 노력하지 않으면 뒤처지고, 언제 매출이 곤두박질칠지 알 수 없는 불안한 위치에 있단 말이다.

내가 어엿한 직장이라도 다니게 된다면 모를까. 아직은 검소하게 생활하며 현 위치에 안주해서는 안 된다는 뜻인데, 엄마는 맨날 잔소리 그만하란다. 누구는 뭐 좋아서 하는 줄 아나, 진짜. 생각할수록 손에 쥔 새 옷이 전혀 달갑지 않다. 아오, 내가 이 돈 벌려면 양파를 몇 개나 까야 하는데.

"같이 가!"

큰 소리로 불러 보지만 최지혜 씨는 벌써 모퉁이를 돌아섰다.

가는 길에 떡볶이라도 사 가지고 들어가야겠다. 모처럼 나온 모자 간의 쇼핑인데 오히려 기분만 망쳐 버렸다.

오늘은 신장개업을 알리는 바람 인형도 가슴이 뛴다는 금요일이다. 터벅터벅 길을 걷는데 연인 한 쌍이 까르르 웃으며 스쳐 지나갔다. 서로를 바라보는 뜨거운 눈빛 속에는 꿀이 떨어지다 못해 로열젤리가 흘러넘칠 기세다.

사랑에 빠진다는 건 어떤 느낌일까? 적어도 외롭다는 생각은 안 들겠지? 누군가 이런 나를 본다면 이성에 대한 과한 호기심으로 외로움에 몸부림치는 가련한 10대구나, 하겠지만 솔직히 연애 따위 진딧물 엉덩이에서 나오는 단물만큼도 관심이 없다. 그럼에도 내가 굳이 사랑이니 외로움이니 이러쿵저러쿵 떠드는 것은 다…… 열여덟의 아들을 둔 사람이라고는 믿을 수 없을 정도로 젊고 예쁜 우리 엄마 때문이다.

모퉁이를 돌아서자 혼자서 나릿나릿 걷고 있는 작은 뒷모습이 보인다. 엄마도 누군가를 만나고 싶지 않을까? 사랑이나 연애 같은, 젤리처럼 말랑하고 탄산처럼 톡 쏘는 감정을 느끼고 싶지 않을까? 엄마에게도 진짜 파트너가 필요한 것 같다. 아들이 아닌 배우자로서의 남자 말이다.

사실 그동안 엄마에게 좋은 사람 소개해 준다는 주변인은 차고 넘쳤다. 그럴 때마다 최지혜 씨는 번번이 싫다며 도리질 쳤다.

"엄마, 나 때문에 그래?"

질문에 돌아온 대답이라고는 이런 말뿐이었다.

"네가 왜? 너랑 상관없어. 그냥 내 타입이 아니야. 나는 요한 같은 스타일이 좋거든."

요한은 유명 보이 그룹의 멤버다. 눈에 띄는 외모와 가창력에 연기까지 완벽해 천재 아이돌로 손꼽힌다. 지금은 가수보다는 연기자로 활동 중인데 엄마는 벌써 몇 년째 요한 덕후다. 생각해 보니 그 요한이란 아이돌, 나보다 한 살 많지 않은가. 세상에, 아들과 비슷한 또래의 아이돌을 좋아하다니. 아무리 우리 엄마지만 좀 너무한다 싶다. 하긴 덕질에 나이가 무슨 상관이겠냐마는.

이렇듯 유명 아이돌을 선망하는 엄마는 여전히 혼자다. 나를 낳은 후로는 연애해 본 경험도 누군가와 사귀어 본 적도 없다. 물론 접근해 온 남자는 많았다. 아내와 사별 후 딸아이를 혼자 키운다는 인테리어 가게 사장님부터 헬스트레이너, 마을 도서관 사서까지. 그중에는 엄마보다 무려 여섯 살이나 어린 남자도 존재했다. 나와는 열 살밖에 차이 나지 않는, 차마 젊다는 말조차 우습게 느껴지는 상대 말이다.

더 놀라운 건 그 사람을 엄마가 아닌 내가 먼저 알았다는 것이다. 정말 기가 막혀 말이 나오지 않는다. 어떻게 다른 누구도 아닌……. 여기까지 생각하다 피식 싱거운 웃음이 터졌다. 하긴 세상은 넓고 남자는 많으니까. 언젠가는 엄마에게도 좋은 사람이 나타나지 않을까. 엄마를 아주 많이 사랑해 주고 아껴 주는 따뜻한 가슴의 소유자 말이다. 능력까지 있다면 더 바랄 나위 없겠지만.

"엄마, 나 떡볶이 사 간다. 저녁에 떡볶이 먹자."

엄마가 주춤 걸음을 멈추고는 몸을 돌려세웠다.

"순대도. 허파 많이."

멀어지는 어깨를 보며 나는 쓰게 웃었다. 밥보다 떡볶이를 좋아하는 최지혜 씨를 위해 분식집으로 걸음을 옮겼다.

나는 주말이면 아르바이트를 한다. 하루에 일곱 시간, 일하는 곳은 집 근처 상가 3층에 위치한 중국집인데 엄마는 그 건물 2층에서 공방을 운영한다.

남자 고등학생이 중국집에서 아르바이트를 한다고 하면 열에 열은 다 배달을 떠올리겠지만 안타깝게도 내가 일하는 곳은 배달을 하지 않는다.

가게 문을 열자 테이블을 닦던 성하가 손을 들어 보였다. 내 일터인 이곳은 6년 지기 성하의 아버지가 운영하는 곳이다.

"노을이 왔구나."

주방에서 아저씨가 얼굴을 내밀었다. 나는 꾸벅 고개를 숙였다. 배달도 없는 중국집에서 내가 하는 일이 뭐냐 묻는다면 바로 주방 보조 되시겠다. 아! 그리고 오토바이 배달만 없을 뿐 건물 내 상가에는 기꺼이 배달한다. 모두 한 식구처럼 좋은 사이니까.

내가 이곳에서 일한 지도 어느덧 2년이 되어 간다. 전에는 성하

어머니가 주방을 지켰는데, 주말만이라도 도와달라는 지인 부탁으로 토요일과 일요일에는 가든식당으로 출근한다. 하긴 아줌마가 주말에 식당에서 받는 돈이 중국집 하루 매상보다 많으니 어떻게 안 가겠느냔 말이다. 덕분에 그 자리를 꿰차고 들어간 사람이 바로 이 몸 되시겠다. 처음에는 양파를 까며 울기도 많이 울었고 당근과 감자를 썰다 내 손도 함께 잘려 나갈 뻔했다. 한마디로 실수투성이에 엉망진창이었다고 말할 수 있다. 주방 일이라면 나름대로의 노하우가 쌓였다 믿었는데, 전문적인 식당 주방과 가정집 주방의 차이는 그야말로 지구와 해왕성 거리만큼 어마어마했다.

"노을이 볶음밥이라도 후딱 만들어 줘? 면은 아직 반죽이 덜 됐다."

"아니요, 아침 늦게 먹어서 괜찮아요."

내 출근 시간은 오전 10시다. 그때부터 부지런히 점심 장사 준비를 한다. 중국집 하면 대체적으로 무슨 각이나 성, 빈, 점, 루 자로 끝나는 곳이 많은데 이곳은 세상 이름도 정직한 '짜장짬뽕집'이다. 메뉴 역시 짜장면과 짬뽕, 볶음밥, 탕수육이 전부다. 그 흔한 군만두도 없다.

짜장짬뽕집은 맛으로만 승부하는 가게다. 주말 점심이면 밀려드는 손님과 상가 배달로 정신을 차릴 수가 없다. 물론 가게 전화도 왕왕 울린다. 전단지 한 장 뿌린 적 없는데 어떻게 알고 전화를 하는지 모르겠지만 말이다. 사람들은 성하가 채 뭐라 말하기도 전에 주소를 내뱉고는 짜장면과 짬뽕의 개수를 말해 버린다. 그러고는 저희는 배달이 안 됩니다, 한마디에 세상에 배달 안 되는 중국집이 어디 있느냐며 목에 핏대를 세운다. 잔뜩 화가 난 성하가 세상에 배달 안 되는 중국집 여기 있네요, 하고 맞받아친 적이 손꼽을 수 없을 정도로 많다.

사람들은 왜 중국집 하면 자연스레 철가방과 오토바이를 떠올릴까? 배달을 안 할 수도 있지. 붕어빵에 붕어 안 들어갔다고 화내는 사람 없고, 계란빵이 계란 모양이 아니라고 짜증 내는 사람 없듯이. 중국집에서 배달을 안 하는 것이 법적으로 문제가 되는 것도 아니고 말이다. 그럼에도 몇몇 사람들은 배달 시스템이 없는 중국집을 향해 말도 안 되는 윽박을 내질렀다.

"네, 배달 안 해요. 정 드시고 싶으면 직접 오시라고요."

번번이 성질 고약한 성하의 뚜껑을 열리게 만든단 말이다.

"사실 우리 집 예전에 엄청 큰 중국집 했었는데 그때는 배달도 했었나 봐."

언젠가 성하가 말했다. 아저씨가 지금과는 비교도 안 되는 큰 중국집을 운영했다고. 그러다 어느 날 모든 가게를 정리한 후 사한으로 내려왔다고 했다. 성하가 초등학교에 입학하기 전, 사한으로 이사 온 아저씨는 한동안 웍을 잡지 않았단다. 그렇게 몇 년간 허송세월을 보내다 드디어 그 이름도 정직한 짜장짬뽕집을 다시 열게 된 것이다.

"장사가 안됐던 거야?"

"우리 아빠 실력 네가 더 잘 알잖아."

"사기라도 당했어?"

성하는 아무것도 아니라는 듯 도리질 쳤다. 가게를 접었다는 건 분명 좋은 일은 아닐 테지. 그래서 더 이상 묻지 않았다. 누군가 입을 닫으면 별로 말하고 싶지 않구나, 하고 이해했다. 나 역시 상대가 꼬치꼬치 캐묻는 거 썩 달가워하지 않으니까.

나는 제일 먼저 화장실에 들어가 손을 씻었다. 다음으로는 주방에 걸린 앞치마를 두르고 머리에 두건을 썼다. 아저씨가 준 씹다 뱉은 껌 모양의 주방 모자는 도저히 착용할 수가 없었다. 결국 생각해 낸 것이 두건이었다. 내가 하는 일이라고는 산더미처럼 쌓인 양파를 까고 감자를 깎으며 마늘을 믹서로 곱게 가는 허드렛일뿐이지만, 감히 헤어스타일이라고 말하기도 뭣한 까까머리 고등학생이지만, 주방에서의 청결은 아무리 강조해도 지나치지 않다.

내가 일하는 상가는 5층 건물이다. 1층에는 마트, 약국, 치킨집이 있고, 2층에 엄마가 운영하는 지혜공방이 있다. 또 공부방, 영어 학원을 비롯해 네일 숍이 들어왔는데 전에는 자연 선식과 다이어트 약을 파는 곳이었다.

짜장짬뽕집은 3층에 있다. 중국집이 건물 3층 가장 후미진 곳에 있는 것도 모자라 테이블 수가 고작 다섯 개인 좁은 공간이라니. 더욱이 배달조차 하지 않는다니. 아저씨가 중국집을 하기에 이보다 더 나쁠 수 없는 위치에 가게를 얻은 이유는…… 한 가지밖에 더 있겠는가. 바로 아주 싼 보증금과 월세 때문이다.

이곳은 수도권에서도 한참이나 떨어진 인구 20만이 조금 넘는 도시 사한이다. 특별히 내세울 관광지나 특산물조차 변변치 않은 중소 도시다. 내가 사한으로 이사 온 건 초등학교 6학년 때였다. 우리 모자가 6년 전, 수도권에서 뚝 떨어진 이곳으로 이사 온 이유는…… 한 가지밖에 더 있겠는가. 바로 수도권과는 비교할 수 없이 싼 집세 때문이다.

"엄마, 오늘 사회 시간에 배웠는데 지방이 수도권보다 집값이 싸?"

핸드메이드 액세서리를 만들던 엄마가 그렇겠지? 싶은 표정을 지었다.

"그럼 월세도 싸겠네?"

"아마도?"

"우리 이사 갈까?"

"학교는?"

"전학 가면 되지. 월세 싼 곳이 있다는데 지금 학교가 문제야?"

고작 열두 살이란 나이에 월세와 물가를 입에 올리는 조숙하다 못해 영악하기까지 한 꼬맹이가 바로 나였다. 덕분에 엄마와 나는 수도권에서도 한참이나 떨어진 사한에 터를 잡았다. 그 당시 엄마가 하던 일은 핸드메이드 액세서리를 만들어 온라인으로 판매하는 것이었다. 작고 허름한 지하 셋방이 우리 모자의 집이자 작업실이며 내 공부방이자 세상의 전부였다.

엄마의 주 수입원이 온라인 판매였던 만큼 우리가 어디서 사는지는 크게 중요치 않았다. 이 때문에 나는 과감히 이사를 주장했다. 수도권에 산다고 하여 가생비, 즉 들어가는 가격 대비 생활이 썩 윤택하다 할 수 없었으니까. 지금 생각해도 최노을 진짜 징그러운 자식이다. 어떻게 초등학교 5학년 열두 살의 머리에서 그런 생각이 나왔을까?

"여기 있는 양파부터 깔까요?"

아저씨가 고개를 끄덕였다. 나는 목욕탕 의자에 주저앉아 양파껍질을 벗겨 냈다. 그 순간 홀을 청소하던 성하가 빠끔히 얼굴을 내밀고는 은밀한 미소를 내비쳤다. 그런데 나는 어째 녀석의 웃음이 썩 달갑지 않았다. 저 자식이 웃을 때는 내게 뭔가 엄청 곤란한 일이 일어날 때뿐이니까. 성하의 미소는 싱크대에 떨어져 부서진 유리잔을 보는 것만큼이나 불길하단 뜻이다.

성하는 내가 사한으로 내려와 처음 사귄 친구다. 우리는 자주 붙어 다녔고 급속도로 가까워졌다. 엄마는 이사 오기 무섭게 공방을 오픈했다. 자신의 이름을 딴, 자의식이 툭툭 묻어 나오다 못해 흘러넘치는 지혜공방을 말이다. 그곳이 하필 성하 아버지의 중국집과 같은 건물이었고, 나는 엄마와 함께 곧잘 짜장면을 먹으러 다녔다.

초등학교와 중학교까지 함께 다닌 우리는 고등학생이 되어서야 남고와 여고로 찢어졌다. 그래, 내가 지금까지 성하를 녀석이나 자식으로 표현해서 동성이라 생각했을지도 모르겠지만 녀석은 엄연히 XX 염색체를 지닌 여자다. 물론 생물학적으로 여자란 뜻이다. 우리는 지극히 평범한 친구이며 만나기만 하면 툭탁거리는 남매라 해도 과언이 아니다.

"날씨도 더워 죽겠는데 짜증 나, 아침에 생리 터졌어. 완전 찝찝해 죽을 것 같아. 아우 씨, 허리는 왜 이렇게 아픈 거야? 생리 터지면 바로 변비 오는데."

물론 알고 있다. 이런 것들이 절대 창피하거나 부끄러워할 이야기가 아니라는 사실을 말이다. 그럼 다음은 어떨까?

"네가 여름에 생리하는 여자들 마음을 알아? 네 중심부에 하루 종일 두툼한 콘돔 끼워 놓고 있다고 생각해 봐라. 상상만으로도 찝찝하고 불쾌할 것 같지 않냐?"

"알았어. 너 많이 아프고 힘든 거 알아. 그러니 제발 그만하자."

이렇듯 적나라한 성교육도 친히 시켜 주시는 아주 고마운 친구다. 그러니 내가 성하에게 아무 거리낌 없이 녀석이나 자식이란 말을 붙일 수 있는 거다.

처음 낯선 학교로 전학 왔을 때, 사실 적응하기 힘들었다. 이사 가자는 말은 내가 먼저 했기에 일부러라도 괜찮은 척해야 했다. 하지만 어딜 가나 텃세는 있는 법. 반에 몇몇 남자아이가 괜스레 툭툭 나를 건드리거나 시비를 걸어왔다. 그때 먼저 손을 내민 친구가 바로 성하였다. 아이들이 놀리고 비아냥거려도 전혀 상관없다는 듯 녀석은 내 곁에 있어 주었다. 그렇게 서로의 공방과 중국집을 오가며 붙어 다녔고, 아르바이트를 시작한 후로는 주말마다 좁은 식당에서 함께 지냈다.

비록 아버지 식당이라고는 하나, 성하는 절대 공짜 일꾼이 아니다. 일일이 시급을 계산해서 받는 아주 깐깐한 아르바이트생에 불과했다. 공적인 아르바이트비를 칼같이 받아 내면서 사적인 용돈도 따로 챙기는 정말 한 대 쥐어박고 싶을 만큼 공과 사가 분명한 놈이다.

저런 얄미운 녀석이랑 가장 가까운 친구가 된 탓에 주위에서는 나와 성하를 그렇고 그런 관계로 엮으려 하는데 미안하지만 전혀 아니다. 정확히는 중3 때로 기억한다. 성하는 다니던 학원에서 달달한 썸을 탄 적이 있다. 그 썸남과 사귀기 직전까지 관계가 발전했는데 그만 엉뚱한 오해로 막 시작하려던 연애에 빠직 금이 가고 말았다. 이쯤에서 그 오해란 것이 무엇인지 다들 눈치챘겠지만, 그래 바로 나란 놈의 쓸데없는 친절 때문이었다.

"그렇게 평소처럼 더럽다고 욕이나 하지 입술은 왜 닦아 주고 지랄이야, 이 눈치 없는 자식아."

엄마가 공방 문을 늦게 닫거나 중국집에 단체 손님이라도 오면 우리는 종종 함께 저녁을 먹었다. 그날도 평소처럼 마주 앉아 패스트푸드점에서 햄버거를 먹고 있었다. 대화 주제는 전혀 관심 없는 성하의 썸남이었는데, 얼마나 집중해서 말하던지 입술에 소스가 묻어 있는 것도 모르더란 말이다. 평소라면 더럽게 먹지 말라며 알파벳 G와 R을 걸쭉하게 내뱉었겠지만, 한창 사랑에 빠진 친구의 반짝이는 두 눈을 보니 차마 거친 말이 나오지 않았다. 그래서 냅킨으로 슥 입술을 닦아 주었다.

문제는 그 장면을 지나가던 학원 아이들이 실시간 생중계로 봤다는 것이다. 덕분에 성하는 졸지에 어장 관리의 최고봉으로 낙인찍혔고 (성하의 말마따나) 귀공자 같은 그 아이와 뭔가 일어날 듯 말 듯 미묘한 관계 또한 와장창 깨져 버렸다. 그 결과 애꿎은 내 정강이도 함께 깨져 버렸지만 말이다.

아무리 아니라 해도 소용없었다. 남녀 사이에 우정이 존재할 수 없다니. 왜 자신들의 생각을 멋대로 진실이라 믿는 걸까? 성하가 학원에서 좋아하는 아이가 생겼다 했을 때? 나는 신을 향해 당당히 맹세할 수 있었다. 양파 표피 속 세포 하나만큼도 동요하지 않았다고. 아니, 오히려 반가웠다. 이제 툭하면 나와라, 심심하다, 하고 칭얼거리는 녀석의 전화를 받지 않아도 될 테니까. 그건 성하저 녀석도 100퍼센트 마찬가지일 것이다.

"아! 아침부터 모닝 쾌변을 봤더니 아주 기분 좋아. 3일 만에 드디어 나와 주셨어. 역시 청국장 환이 직방인데."

전혀 궁금하지도 않은 일상까지 속속들이 말해 주는 것을 보면 알 수 있지 않을까. 누나나 여동생이 있는 녀석들은 어느 정도 여자에 대한 환상이 없다고 하던데, 외동인 나는 왜 이토록 그 말에 격하게 공감되는지 모를 일이다.

"아저씨, 성하 저 자식 왜 저리 웃어요? 괜히 사람 불안하게."

마침 반죽을 끝낸 아저씨가 벌겋게 달아오른 얼굴로 뒤를 돌아보았다.

"글쎄다. 아침부터 방구석이 이게 뭐냐고 제 엄마한테 잔뜩 한소리 들었는데. 방구석이니까 이러지 자기도 코딱지만 한 방 말고 큰 방 주면 청소 잘할 수 있다고 한마디 하다 등짝만 쳐 맞았지. 네 코딱지가 이렇게 넓으면 벌써 숨 막혀 죽었다고."

아저씨가 키득키득 소리 내어 웃었다. 그 모습이 눈에 선해 나도 헛웃음을 터트렸다. 성하 어머니는 야무지고 일 처리가 분명한 분이었다. 그에 반해 아저씨는 늘 좋은 게 좋은 거다, 하는 태평한 성격이었다. 인심도 후해서 배고픈 학생들에게 곱빼기를 주는가 하면, 짜장면 다섯 그릇에 서비스로 탕수육이 나간 적도 있었다. 넉넉한 인심만큼이나 덩치도 좋은 분이었다. 하긴 하루 종일 밀가루를 반죽하고 면을 삶아 내며 커다란 웍을 가볍게 다루려면 보통 힘이 필요한 게 아니니까.

"아마 성빈이 때문인가 보다."

아저씨의 한마디에 양파를 까던 손이 그만 멈췄다. 이름에서 알 수 있듯이 성빈은 성하의 친오빠다. 나와는 현실 남매처럼 툭탁거리면서도 오빠와는 차마 눈 뜨고 봐 줄 수 없을 정도로 세상 다정한 사이다. 하긴 남매의 나이 차가 좀 나는 편이지. 한두 살이면 말을 안 한다. 무려 10년 차이니 크게 싸울 일도 언성을 높일 일도 없을 것이다.

저 까칠하고 입만 열면 걸쭉한 욕설을 내뱉는 녀석이 열 살 위 오빠에게는 마냥 귀여운 동생으로 변한다. 그 생각만으로도 사흘 전에 먹은 급식이 올라올 것만 같다. 성빈이 형은 똑똑하고 야무지고 다정하며 외모 또한 훈훈하다. 모르긴 해도 이 동네에서 엄친아로 유명할 것이다.

내가 처음 형을 봤을 때는 초등학교 6학년, 형은 스물세 살의 어른이었다. 짜장짬뽕집의 진짜 권력자인 아줌마에게 늦둥이 막내딸이 귀염둥이이자 골칫덩어리라면, 아들인 성빈이 형은 자랑이자 희망이었다. 나도 가끔 수학이나 영어 문제를 물어본 적이 있다. 그럴 때마다 형은 살뜰하게 설명해 주었다. 나에게는 여동생을 아끼는 바보 오빠로, 동네 좋은 형 그 이상도 이하도 아니었다.

"성빈이 형이 왜요?"

나는 관심 없는 척 심드렁히 물었다. 웍 가득 양파와 감자를 볶던 아저씨가 말했다.

"어제 그 녀석한테 전화 한 통이 왔거든."

"무슨 전화요?"

나는 흘낏 아저씨를 곁눈질했다. 무려 2년간 양파 껍질을 벗겼

다고 이제 손에 감각만으로도 얼마든지 척척 양파를 깔 수 있게
됐다.

"우선 주방에 들어와 양파와 감자 껍질을 벗기는 거다."

처음에는 '애개, 고작 채소 껍질 벗기는 거야?'라며 속으로 코웃
음 쳤다. 너무 간단한 일이라 과연 돈 받고 해도 되는 걸까 싶었다.
그러나 주방에 산더미처럼 쌓여 있는 것을 본 순간, 나는 그대로
뒷걸음질해 저 까마득한 채소 지옥에서 도망쳐 나오고 싶었다. 그
동안 수없이 짜장면과 짬뽕을 먹었지만 중식에 그토록 많은 채소
가 들어가는지 짐작도 못 했다. 한 그릇의 짜장면이 완성되기까지
그 무거운 웍을 몇 번이나 움직여야 하는지, 얼마나 센 화력이 필
요한지도 몰랐다.

처음에는 한 시간 내내 눈물 줄줄 흘리며 깐 양파가 바구니를
반도 채우지 못했다. 감자는 이보다 더했다. 아저씨는 칼질 몇 번
에 막 삶아 낸 계란처럼 예쁘게 깎는데 나는 감자 칼로도 몇 개 깎
지 못했다. 남들 보기에는 그깟 일이라 치부할 것들도 한 꺼풀 벗
겨 내면 각자의 노하우와 기술이 필요한 것들이었다.

덜커덩덜커덩 요란한 소리를 내며 한바탕 웍을 흔들던 아저씨
가 말했다.

"성빈이 취업했다. 어제 최종 면접 합격했다고 전화 왔어."

그 순간, 양파 껍질을 벗기던 칼이 미끄러졌다. 앗, 소리를 냈을
때는 이미 손등에서 송골송골 핏방울이 맺히기 시작했다.

"아마 성하 저 녀석, 제 오빠 취업했으니까……."

아저씨가 손등을 움켜쥔 내 모습에 두 눈을 부풀렸다.

"왜, 다쳤어? 칼 다룰 때는 항상 조심하라고 했지. 이제 익숙해져서 괜찮겠거니 마음 턱 놓고 있을 때 오히려 사고가 나는 거야. 성하야, 밖에 성하 없냐?"

그래, 나도 모르게 마음을 놓고 있었나 보다. 그렇게 시간이 흘러가기를. 그런데 아저씨 말대로 너무 방심한 모양이다.

"왜? 남 화장실도 못 가게. 신호 왔을 때 가야 한단 말이야."

성하가 쏙 주방으로 얼굴을 내밀며 불퉁거렸다.

"이 녀석 다친 모양이다. 선반 위에 약상자 좀 가져와."

나는 멍하니 입술을 비죽이는 성하를 올려다보았다. 너 나 보고 웃은 이유가 그거야? 네 오빠 취업 성공해서? 그래서 좋아 죽을 것처럼 웃은 거냐고?

"그러게 조심 좀 하지."

성하가 뒤돌아 선반을 향해 걸어갔다. 대체 뭘 어떻게 조심해야 되는데. 아무것도 모르겠다. 내가 이 상황에서 무엇을 어떻게 해야 하는지를 말이다.

정말 나 보러 온 거야?

사한은 작은 도시다. 밤을 이용한 제과를 특산품으로 홍보하지만 대부분 자영업이거나 더 큰 도시, 대규모 공장단지가 있는 바로 옆 대진으로 출근한다. 우리나라에서 가장 큰 식품 공장도 그곳에 있고, 규모 면에서는 대한민국 최고라 자랑하는 국립대도 위치해 있다. 성하의 오빠도 바로 그 학교를 나왔다.

"정확히는 모르겠는데 공장 품질관리직으로 간다는 것 같아. 그곳에서 잘하면 서울 본사로 발령 날 수 있다고 하네. 그래도 요즘 같은 때 대기업 정규직 입사가 어디야. 다섯 명 뽑는데 무려 400명 가까이 지원했다더라. 1차 서류 전형에서 50명, 2차 면접에서 20명, 3차 최종 면접에서 우리 오빠가 '엔트리 파이브'에 들었단 말씀. 완전 기적 아니냐? 거기 복지가 장난 아니잖아. 그 회사랑 제휴한 곳 되게 많다던데 직원 가족 할인 같은 거 받을 수 있지 않을까?"

손등에 밴드를 붙여 주며 성하가 쫑알쫑알 떠들었다. 형의 취업이 반가우면서도 한편으로는 불안했다. SKY, 소위 하늘을 난다는 사람들도 들어가기 힘든 대기업 정규직이었다. 형이 야무지고 똑똑하다는 건 익히 알고 있지만 정말 이 정도인 줄은 몰랐다.

"최노을."

성하가 씩 한쪽 입꼬리를 말아 올렸다.

"앞으로 우리 사이 어떻게 되는 거야? 우리 오빠 취업도 했겠다. 이제 어엿한 사회인이니 본격적인 연애……."

"웃기지 마."

나는 탁 손을 거둬 냈다. 어떻게 되긴 뭘 어떻게 돼. 평생 지긋지긋한 친구 사이로 남을 것은 안 봐도 빤한 일 아니겠어? 정말 이 자식, 말이 되는 소리 좀 했으면 좋겠다. 어떻게 우리 최지혜 씨와…….

"대충 약 발랐으면 마저 일하자!"

주방에서 아저씨가 소리쳤다. 나는 일어나 몸을 돌려세웠다. 뭐야, 사상 초유의 실업난이라며. 경제가 나쁘다 못해 지구 핵까지 뚫을 정도로 침체되었다며. 그런데 어떻게 단 1년 만에 대기업에 떡하니 취업할 수 있지? 생각할수록 한숨이 터져 나왔다. 아니, 그럴 리 없을 것이다. 설마 두 사람에게 정말 그런 일이 벌어지겠는가 말이다.

12시가 되기도 전에 홀은 손님들로 가득 찼다. 대부분 짜장면과 짬뽕 주문이라 테이블의 회전율이 빨랐다. 맛에 자신만 있으면 산간 오지에 식당을 열어도 손님이 몰려드는 세상이다. 사람들은 짜장면 한 그릇을 위해 직접 계단을 밟아 올라가는 수고를 마다하지 않았다. 솔직히 배달까지 하면 지금보다 매출이 두 배는 넘을 텐데 상가 사람들이 주문하는 것 이상은 배달하지 않겠다니. 걸어갈 수 없는 곳은 절대 사절이란 뜻이었다.

맛만 보장되면 3층 후미진 구석 식당까지 손님들이 찾아올 거란 믿음은 능력만 있으면 학교와 학과 상관없이 당당히 대기업에 합격할 수 있단 자신감과 동일한 것일까. 정말 그 아버지에 그 아들이 아닐 수 없다.

"오늘따라 왜 이렇게 넋 놓고 있어. 짜장 두 그릇 1층 약국에서 주문했잖아. 빨리 가져다주고 오라니까?"

"아…… 네."

나는 아저씨가 건넨 짜장면을 쟁반에 담았다. 배달 시스템이 없으니 중국집 상징인 철가방도 없다. 쟁반을 들고 서둘러 계단을 내려가기 시작했다. 한번 내려가면 언제 올라올지 모르는 엘리베이터를 기다렸다가는 그야말로 짜장면이 아닌 짜장떡이 될 테니까.

약국까지 총알 배달을 마치고 성큼 계단을 뛰어올랐다. 지금 주방이며 홀은 한창 전쟁 중일 텐데 두 다리가 제멋대로 2층에서 멈쳐 섰다. 그래, 딱 1분이다. 나는 황급히 엄마의 공방을 향해 뛰었다. 그래 봤자 몇 걸음 안 되는 가까운 거리지만 말이다.

지혜공방은 핸드메이드 액세서리를 판매하는 곳이다. 누구나 신청만 하면 원하는 액세서리를 직접 만들 수 있는 원데이 클래스 수강도 가능했다.

엄마의 핸드메이드 액세서리는 종류가 다양하지만 절대 똑같은 제품을 대량으로 판매하지는 않는다. 색이나 모양 등 디자인에 조금씩 변형을 준다. 남들이 가지고 있지 않은 독특한 디자인을 판매하는 것이 사업 공략이니까. 완제품과 더불어 직접 만들 수 있는 DIY 상품도 꾸준히 개발 중이다.

공방 특성상 손님 대부분이 여자일 것 같지만 남자도 곧잘 유리문 풍경을 울린다. 특별한 날 배우자나 여자 친구, 그 밖의 사랑하는 사람에게 직접 만든 액세서리를 선물하기 위해 그들은 머쓱한 표정으로 문을 연다. 능숙하게 잘 만들었든 그러지 못했든 사람들은 저마다 자신이 만든 액세서리를 소중하게 생각했다.

그건 어쩌면 삶도 마찬가지 아닐까? 잘 살든 못 살든 혼자 다 책임져야 하니까. 만약 엄마가 나를 선택하지 않았다면 지금 엄마의 삶은 조금 더 나아졌을까? 나는 가끔 이런 생각에 사로잡힌다.

유리벽 너머에서 바지런히 손을 움직이는 엄마의 모습이 보인다. 누군가는 얼굴보다 손을 보면 그 사람이 살아온 세월을 알 수 있다던데. 아무리 동안이라 해도 손은 결코 나이를 속이지 못한다. 엄마가 살아온 시간을 고스란히 보여줄 테니까. 손끝에 딱딱하게 박인 군은살과 여기저기에 난 상처들을 보면 알 수 있다. 서툰 칼질로 어린 아들에게 이유식을 해 먹이던 시절에는 자주 칼에 베이고 끓는 기름에 화상을 입었다고 했다. 그 상처들이 지금까지도 고스란히 엄마 손등에 남아 있다.

지금 내 또래의 아이들, 멀리 갈 것도 없이 성하만 봐도 알 수 있다. 얼마나 말괄량이 천방지축이냔 말이다. 그보다도 어렸던 엄마였다. 차마 엄마라는 말조차 어울리지 않던 10대 소녀였다. 친구들과 군것질하고 연예인을 동경하며 시험 문제 하나에 웃고 울던 소녀가 하루아침에 어른도 아닌 엄마가 되어 버렸다니. 그 삶이 어떠했을지는 그 누구도 쉽게 상상할 수 없을 것이다.

유리문을 열자 딸랑 풍경이 울렸다. 엄마가 고개를 들고 나를 보았다.

"짜장면 배달 안 시켰는데."

"샌드위치 먹었어?"

식당으로 출근하기 전, 나는 엄마가 먹을 샌드위치를 만들었다. 삶은 계란을 으깬 다음 소금과 후추, 마요네즈를 넣고 머스터드소스를 살짝 곁들이면 좋다. 노릇하게 구운 빵에 햄과 치즈를 깔고 계란을 올려 주면 완성이다. 자칫 느끼할 수 있지만 엄마가 좋아하는 아메리카노랑 먹으면 잘 어울린다.

"응, 먹었어."

"두 쪽 다?"

"한 쪽 남았어. 먹을래?"

뭐든지 잘 먹는 나와 달리 엄마는 입이 짧다. 샌드위치 두 쪽을 다 못 먹을 만큼 위가 작다. 그러니 저리 부실해 보일 수밖에. 엄마가 남긴 것들까지 몽땅 먹다 보니 내 몸만 이렇게 커져 버렸다. 내가 자랄수록 이상하게 엄마는 점점 더 작아지는 것 같다.

사실 엄마가 입이 짧은 건 오랜 시간 소식해 온 습관 때문이다. 건강을 위한 소식이 아닌, 정말 적게 먹어야지만 생계가 유지되었던 시간이 생각보다 길었다. 비록 넉넉하진 않지만 먹고 싶은 음식을 억지도 참아야 할 정도는 아닌데, 원한다면 얼마든지 마음껏 먹을 수 있는데. 그럼에도 이미 작아질 대로 작아진 엄마의 위는 그 어떤 산해진미 앞에서도 다시 커질 줄 몰랐다. 샌드위치 두 조각도 소화시키지 못하는 엄마를 보면 나도 모르게 울컥 짜증이 치솟는다.

"너는?"

"식당에서 일하는 사람 밥걱정은 왜 해?"

내가 아침부터 샌드위치를 준비한 건 엄마의 성의 없는 식습관 때문이다. 컵라면보다는 계란 샌드위치가 영양학적으로 좋지 않을까 싶어서다. 힘들게 싸 줬는데 잘 좀 먹으면 얼마나 좋아.

"바쁜 시간 아니야? 왜 갑자기 와서 짜증이야."

사실 그러려고 이 바쁜 시간에 온 건 아니다.

"저기, 엄마."

뭐? 싶은 표정으로 엄마가 눈을 흘겼다. 왜 굳이 찾아와서 잔소리를 해 대나는 불퉁거림이었다. 나는 손에 든 쟁반을 꽉 움켜잡았다.

"혹시……."

"혹시 뭐?"

그 순간 테이블 위 엄마의 휴대폰이 울렸다.

"어머, 안녕하세요? 잘 지내셨죠? 안 그래도 전화드리려고 했는데."

스톤이나 컬러를 이야기하는 걸 보니 액세서리 부자재 가게 사장님이 틀림없었다. 나는 말없이 공방을 빠져나왔다. 딸랑거리는 풍경 소리가 귓가에 오래도록 메아리쳤다. 시험에 턱턱 합격하는 것과 미련한 성격은 상관관계가 전혀 없을까? 벌써 5년이다. 어리게만 보이던 남자가 오직 한 여자만 해바라기처럼 바라봐 온 시간이. 정말 미련하다 못해 답답한 사람이 아닐 수 없다.

그나저나 배달 시간이 너무 길었다. 벌써 1분을 훌쩍 넘겨 버렸다. 약국이 지하 20층에라도 있느냐며 왕왕 잔소리할 성하 녀석이 눈앞에 아른거린다. 나는 힘 있게 계단을 뛰어올랐다.

그야말로 허리케인 같은 시간이 휘몰아쳤다. 홀은 밀려드는 주문과 밖에서 기다리는 사람까지 정신을 차릴 수가 없었다. 나는 주방에서 홀로, 홀에서 상가 곳곳으로 뛰어다녔다. 바쁘니까 머릿속 잡생각이 사라져 그나마 다행이었다. 그 와중에도 주변 아파트로 배달되느냐는 전화가 종종 걸려 왔다. 그럴 때면 성하는 친절한 목소리와 전혀 그렇지 않은 표정으로 배달 서비스가 되는 다른 중국집 전화번호를 친히 불러 주었다.

"정말 끈질기다 끈질겨. 배달 안 된다고 몇 번을 말했는데. 배달 안 된다니까 그따위로 장사하지 말래. 아니, 우리가 뭐 사기라도 쳤어? 확 쌍욕을 해 주려다가 말았다 진짜."

이제 근방에서 짜장짬뽕집을 모르는 사람은 없었다. 한 번쯤 먹어 보고는 싶은데 직접 오기는 귀찮고 당연히 배달될 줄 알았던 모양이다. 그런데 자신들 뜻대로 되지 않으니, 장사 그렇게 하면 안 된다는 진짜 말도 안 되는 어깃장만 늘어놓았다.

"중국집에서 배달 안 하는 게 그리 큰 죄야? 솔직히 배달 안 하는 곳 많잖아."

성하의 불퉁거림에 아저씨가 허허 소리 내어 웃었다.

"그거야 엄청 크거나 특색 있는 곳이 그렇지. 우리처럼 동네에서 흔히 볼 수 있는 평범한 중국집은 당연히 배달하는 걸로 알 거다."

"와, 웃겨. 누구 맘대로 동네 중국집은 무조건 배달해야 해?"

"메뉴가 왜 딸랑 요것밖에 없냐고 시비 거는 사람도 있잖아."

성하가 동조하듯 크게 고개를 끄덕였다. 사실 중국집에서 시켜 먹는 메뉴라고 해 봤자 짜장면, 짬뽕 그리고 탕수육이 대부분이다. 요즘이야 방송에서 다양한 중식 요리를 선보이지만 그래도 이 선에서 크게 넘지 않는다. 그럼에도 손님들은 왜 군이 우동이나 울면, 잡채밥을 주문하는지 모르겠다. 벽에 대문짝만 하게 메뉴판이 걸려 있는데도.

그나마 우동을 시키는 사람은 양반이다. 라조기나 유산슬, 팔보채 같은 메뉴는 왜 없냐며, 주방장이 요리 메뉴는 못 하는 것 아니냐고 비아냥거리는 인간도 더러 있으니까. 그럼 그런 요리를 먹을 수 있는 곳으로 가면 좋을 것을. 가게에서 일하다 보면 별의별 희한한 사람을 다 보는 것 같다.

어느덧 시간은 3시를 훌쩍 넘겼다. 띄엄띄엄 오던 손님의 발길도 끊어졌다.

"배고프지? 뭐 해 줄까? 짜장, 짬뽕, 볶음밥?"

아저씨가 메뉴를 읊자 성하가 미간을 일그러뜨렸다.

"하루 종일 기름 냄새에 질렸어. 분식집 가서 매운 떡볶이 먹고 싶어."

어릴 적부터 중국집 딸로 자라 왔으니 대한민국 사람 중에 싫어하는 이가 없다는 짜장면, 짬뽕도 어지간히 물릴 테지.

"그럼 우리 나가서 밥 먹고 올까? 나도 얼큰한 김치찌개가 먹고 싶은데."

주방에 잔뜩 있는 게 밀가루 반죽이요 짜장인데 아저씨나 성하나 당최 돈 무서운 줄 모른다. 안 그래도 요즘 밀가루며 각종 채솟값이 천정부지로 치솟는데 말이다. 이젠 최지혜 씨 공방 수익과

더불어 짜장짬뽕집 매출까지 걱정하는 처지가 되어 버렸다니. 열
여덟 최노을 인생도 참 평탄치만은 않다.

"저는 그냥……."

그 순간 삐거덕 가게 문이 열렸다.

"어서 오세요."

성하가 뒤돌아선 곳에 익숙한 얼굴 하나가 멋쩍게 웃었다. 성하
가 두 눈을 끔뻑이더니 그때 개지? 싶은 얼굴로 나와 녀석을 번갈
아 보았다. 나는 앞치마에 손을 닦은 후 서둘러 주방을 벗어났다.

"네가 웬일이야. 여긴 어떻게 알고?"

"너 주말에 여기서 일한다면서. 그냥 한번 와 봤어. 지금쯤이면
손님 없을 것 같아서."

동우가 어색한 듯 뒷머리를 긁적였다. 녀석의 시선이 흘깃 성하
에게 닿았다. 나는 뒤돌아 주방을 향해 소리쳤다.

"아저씨, 짜장면 두 그릇이요. 돈은 이 자식이 낼 겁니다."

아저씨가 웃으며 제면기에 밀가루 반죽을 집어넣었다.

결국 아저씨와 성하는 점심을 먹으러 밖으로 나갔다. 그사이 손
님이 오면 어떡하냐는 질문에 두 사람 모두 태평하게 돌려보내라
했다. 나는 멀어지는 부녀를 보며 언젠가 아저씨가 한 말이 떠올
랐다.

"나 돈 많이 벌어 봤다. 조금만 더 긁어모았으면 진짜 건물 한
채 세웠을지도 몰라. 그런데 그까짓 거 다 소용없더라. 그 전까지

는 돈 버는 게 그리 신이 났는데. 어느 순간 아무 의미가 없어져 버렸어. 그렇게 아등바등 살아서 뭐 하나 싶기도 하고. 나는 지금 이 편하다. 그냥 쓸 만큼만, 남들에게 아쉬운 소리 안 할 정도만 버는 게 좋아. 그게 얼마나 마음 편한 줄 아나?"

사기를 당했거나 가게가 망한 것도 아니면서 왜 갑자기 잘되던 식당을 접고 이렇게 외진 곳으로 이사를 왔을까? 모두 평온해 보이지만 저마다의 마음속에는 말 못 할 사연이 있는 것 같다. 마치 보이지 않는 흉터처럼 말이다.

"정말 나 보러 온 거야?"

나는 짜장면을 크게 한 입 빨아들였다. 그냥 하는 말이 아니라 아저씨 짜장면은 정말 먹어도 먹어도 물리지 않는다. 이런 짜장면을 주말마다 먹으니 아무리 잘 먹기로 유명한 나라도 학교 특식으로 나온 짜장면은 깨작거릴 수밖에.

"그냥 근처 들렀다가. 전에 네가 한 말이 생각나서."

짜장면을 먹던 동우가 두 눈을 크게 떴다. 그래, 이렇게 맛있으니 점심시간이면 사람들이 줄을 서서 먹는 것 아니겠는가. 죽이지? 싶은 내 표정에 녀석이 고개를 끄덕였다.

사실 나는 반 아이들과 그리 잘 어울리는 편이 아니다. 일주일에 두 번은 영어, 나머지 세 번은 수학 학원을 다니는데 학원이 끝나면 곧바로 집에 와 저녁을 하거나 엄마를 마중 나갔다. 아주 가끔 몇몇 녀석과 어울려 PC방에 간 적이 있지만 어쩐지 화면 속 가상 캐릭터에 에너지를 쏟고 싶지 않았다. 괜한 시간 낭비 같았으니까. 결국 게임도 깨끗이 접어 버렸다.

이런 나를 보며 모두들 독하다고 말하는데, 10대라고 무조건 게임에 열광하리란 건 명백한 일반화의 오류가 아닐까. 독한 게 아니라 그저 나랑 맞지 않을 뿐이다. '대한민국 10대＝게임'은 너무 단순한 공식이다. 차라리 그 시간에 집안일을 하는 게 몇 배 더 마음 편한 열여덟도 세상에는 엄연히 존재한다.

엄마가 건조대에 널어 둔 빨래는 항상 주름이 가 있다. 내가 몇 번이나 힘 있게 탁탁 털어야 한다 말해도 늘 대충대충 한다. 빨래를 널 때 조금만 신경 쓰면 일일이 다림질하지 않아도 되는데, 엄마에게 집안일을 맡기면 오히려 손이 더 가니 문제다.

"이런 데에 중국집이 있을 줄은 몰랐어."

동우가 홀을 한 바퀴 둘러보며 말했다. 학교에서 다른 녀석하고는 데면데면하게 지내는 내가 이 찹쌀떡처럼 얼굴 하얀 녀석과 친해진 계기는 막 2학년이 시작된 무렵이었다.

남자만 모인 곳에서는 학기 초마다 유치한 기싸움이 일어난다. 되도 않는 삼류 조폭 영화처럼 무식하게 힘자랑하는 것은 아니지만, 어떻게든 상대에게 만만하게 보이지 않으려 노력한다. 그럼에도 몇몇 찌질한 자식이 있었으니 자신보다 약해 보이는 아이를 괜스레 툭툭 건드려 보는 놈들이다. 내가 처음 전학 와 겪은 텃세 같은 거라고 볼 수 있다.

나는 야무지게 짜장면을 씹어 삼키는 동우를 바라보았다. 녀석은 말수가 적고 조용했다. 딱히 어울리는 친구도 없고 학기 초에는 급식을 혼자서 먹을 정도로 있는 듯 없는 듯 투명하게 생활했다. 물론 나도 동우를 그다지 눈여겨보지 않았다. 문제가 된 건 음료수를 사러 학교 매점에 들렀을 때였다. 어디선가 걸쭉한 욕설이 날아들었는데 무심코 고개를 돌린 곳에 몇몇 덩치에게 둘러싸인 동우가 보였다.

"돈 없다며. 너 아까 음료수 사 마시면서 만 원 내더라. 차라리 싫으면 싫다고 하지 존나 쩨쩨하게 없다고 거짓말을 하냐?"

교실에서 누군가 동우에게 돈을 빌려 달라는 모습이 생각났다. 그런 찌질한 새끼들이 있다. 돈을 빌려도 꼭 약해 보이는 애들한테 빌리는 거. 말이 좋아 빌려 달라는 거지 결국은 그냥 강탈하겠단 뜻이다.

"내가 돈 없다고 그랬냐? 너 빌려줄 돈 없다고 그랬지."

덩치들에 둘러싸여 있는데도 동우는 조금도 기죽지 않았다. 그 모습이 단번에 내 눈길을 잡아끌었다. 몇몇 녀석이 이제 저 새끼 죽었다 싶은 표정을 지었지만 나는 어쩐지 동우에게 비장의 무기가 있을 것 같았다. 왜, 있지 않은가. 영화나 무협지를 보면 너무 평범하다 못해 연약해 보이는 사람이 무림의 고수이자 강호를 평정하는 영웅이 되는 경우 말이다. 나는 저 얼굴 하얗고 깡마른 녀석이 보기 좋게 덩치들을 짓이겨 놓으면 진짜 멋질 거라 상상했다. 그리고 동우에게는 분명 그런 힘이 있으리라 믿었다. 조금의 두려움도 서려 있지 않은 녀석의 두 눈이 이렇게 말했으니까.

나 건드리지 마라. 다 죽는 수가 있다.

은둔 고수의 재림인가. 모두 귀추를 주목하는 가운데 동우는, 동우는 그야말로 멋지게 짓밟혔다. 맥없고 힘없이 낙엽 밟히듯 야무지게 걷어차였다. 얼마나 일방적으로 당하던지 남 일이라면 손톱의 거스러미만큼도 관심 없는 내가 다 끼어들 정도였다.

"야, 틀린 말 한 것도 아니잖아. 얘가 돈이 없다고 했냐? 너한테 빌려줄 돈이 없다고 했지."

나는 싸움 같은 건 전혀 할 줄 모른다. 한 번도 제대로 싸워 본 적이 없으니까. 키는 중학교 때부터 자라기 시작했다. 열세 살에 처음 전학 왔을 때는 시비를 걸어오는 아이들을 피해 다닐 만큼 작고 약했다. 그랬던 내가 중학생이 된 후로 하루가 다르게 자라기 시작했다. 덕분에 나에게도 그 잘난 깡이라는 것과 한번 건드려 봐라 싶은 아집까지 생겨났다. 그런 것 없이는 엄마와 단둘이 살아가는 비신사적이고 풍진 세상에서 버티기 힘드니까.

"네가 뭔데? 왜 끼어들어."

나는 빠득 어금니를 사리물었다.

"나 이 자식 친구거든. 왜? 친구가 맞는데 니들 새끼라면 가만있겠냐?"

"미친! 네가 언제부터 이 자식이랑 친했다고."

"지금 이 시간부터. 됐냐?"

다행히 바로 주먹이 오가지는 않았다. 마침 수업 시작종이 울린 데다, 원래 찌질한 새끼들의 특징이 자기보다 조금만 세 보여도 꼬리를 내린다. 나는 멀어지는 덩치들을 보며 쓰러진 동우를 일으켜 세웠다. 그러고 보니 깡은 내가 아닌 이 약해 빠진 녀석이 갖고 있구나. 곧 죽어도 남자다 이거냐? 싶은 생각이 들었다.

동우의 입가에 피가 묻어 있었다.

"괜찮아? 입술 다 찢어졌어. 보건실 가 봐야 하는 거 아니야?"

녀석이 입술을 닦아 내고는 말끄러미 나를 보았다.

"안 가도 돼. 아픈 곳 없어."

남자는 곧 죽어도 허세라더니 이 녀석도 그런 쪽인 줄은 몰랐다. 어쨌든 이 일을 계기로 우리는 빠르게 가까워졌다. 나는 동우와 함께 급식을 먹고 가끔은 운동장에서 해바라기를 했다. 그런데 아르바이트하는 곳까지 직접 찾아올 줄은 전혀 몰랐다.

"네가 이 동네에 무슨 볼일이 있어서?"

사한에서 소위 말하는 핫 플레이스는 시외버스 터미널이다. 그곳에 가장 큰 쇼핑몰이 들어섰고 영화관도 있으니까. 서울에는 너무 많아 탈이라는 프랜차이즈 카페와 대형 서점도 모두 터미널과 이어진 쇼핑센터에 밀집되어 있다. 덕분에 주말이면 너 나 할 것 없이 죄다 터미널로 몰려갔다. 그런 시외버스 터미널이라면 모를까 우리 동네에 올 일은 딱히 없을 것 같은데.

"나 가끔 이 동네 오는데."

"여긴 왜?"

"커피 마시러."

단무지를 집던 젓가락이 허공에서 멈췄다. 다른 것도 아닌 고작 커피 한 잔 마시러 이곳까지 온다고? 며칠 전에도 집 근처에서 동우를 만난 적이 있었다. 학원도 끝난 늦은 밤이었고 바람이 사납게 불던 날이었다. 그때도 내 옆에는 그림자처럼 성하가 붙어 있었다. 매운 떡볶이를 먹고 싶은데 양이 많아 혼자서는 다 못 먹겠으니 같이 먹어 달라는, 그러나 돈은 꼭 반반씩 내야 한다는 지극히 불합리한 조건을 내걸었다. 만약 안 들어줬다가는 또 의리 없는 자식이라는 둥 너 배고플 때 전화하면 가만 안 두겠다는 둥 머릿속을 뒤흔드는 짜증 세례를 받아야 할 것 같아 나는 얌전히 운동화에 발을 구겨 넣었다.

"나는 너 지나가는 거 가끔 봤어. 1학년 때부터."

뭐 그랬을지도 모르겠다. 그날 동우를 먼저 불러 세운 건 나였다. 여긴 어쩐 일이냐는 질문에 녀석은 설핏 웃는 것으로 대답을 대신했다. 근처 새로 생긴 PC방에 왔나 싶었다. 오픈 기념으로 대대적인 할인 행사 중이었으니까. 학교에서 함께 어울리지만 나는 여전히 동우와 아주 친하다 말할 수는 없다. 두 사람 모두 개인적인 이야기는 하지 않는다. 오히려 그런 면이 나에게는 편하게 다가왔다. 아이들과 너무 가까워지면 자연스레 사생활도 이야기해야 하니까. 언젠가부터 그런 절차가 번거롭게 느껴졌다.

그날 동우는 기묘한 눈빛으로 성하를 곁눈질했다.

"누구?"

"친구."

내 대답에 녀석은 수수께끼 같은 미소를 남긴 채 돌아섰다. 그것으로 끝난 줄 알았다. 그런데 다음 날, 동우는 나를 보기 무섭게 성하에 대해 묻기 시작했다.

"여자 친구?"

이 질문에 대답은 늘 한결같았다. 차마 여자를 '불×친구'라 할 수는 없어서.

"아침마다 쾌변을 봤는지 못 봤는지 일일이 보고하는 여자 사람 친구다. 그저 XX 염색체를 지닌 자식이지. 됐냐?"

이렇듯 정감 어린 표현으로 성하를 소개했다. 그럼에도 녀석은 믿을 수 없다는 듯 헛웃음을 터트렸다. 그러거나 말거나 내 알 바 아니었다. 성하와 나를 어떤 프레임에 가둬 놓든, 어떤 카테고리로 묶어 버리든 각자의 자유니까. 그 뒤로도 동우는 평소답지 않게 질문을 늘어놓았다. 정신 차렸을 때는 내가 성하 아버지가 운영하는 중국집에서 주말 아르바이트를 한다는 사실마저 말해 버렸다. 장소까지 구체적으로 설명했는지는 기억나지 않지만 어쩐지 동우의 유도 심문에 말려든 기분이었다.

"네가 사는 아파트에서 거리가 좀 되잖아. 그런데 커피 마시러

여기까지 와? 너희 동네는 카페 없어? 엄청 맛있나 보네. 너 커피
마니아 뭐 그런 거야?"

동우는 조금 특별했다. 자신의 이야기는 절대 하지 않았다. 하는
말이라고는 영화나 책, 공부나 시험 문제가 전부였다. 나는 녀석의
그런 점이 마음에 들었다. 본인 이야기를 쉽게 하지 않는 이들은
상대에게도 함부로 질문하지 않는다. 조용하고 차분한 동우의 성
격이 나와 제법 어울린다 생각했다.

"그냥 카페 주인이랑 친해."

"아는 사람이야?"

"알게 된 사람이야."

녀석의 습관 중 하나는 이렇듯 말을 에둘러 한다는 것이다. 조
금 답답한 면도 있지만 뭐 느긋한 성격이거니 했다. 세상에 100퍼
센트 마음에 드는 상대는 없을 것이다. 나 역시 동우에게 그런 친
구임이 틀림없을 테니까. 내가 무심결에 내뱉은 말과 사소한 행동
들이 어쩌면 동우의 신경을 건드린 적도 많지 않았을까.

"혹시 이상형이 연상? 카페 이름이 뭔데?"

동우가 말끄러미 나를 보았다. 사실 동우의 눈빛은 검은색보다
흐린 갈색에 가까웠다. 피부는 하얗다 못해 창백했고 잡티 하나
없이 깨끗했다. 혼혈이 아닐까 의심했지만 언젠가 녀석이 보여 준
가족사진 속에는 평범한 중년 부부가 카메라를 향해 환하게 웃고
있었다. 동우와는 닮은 것 같은, 그러나 어쩐지 다른 분위기의 형

도 나란히 서 있었다.

"내 몸은 남들보다 멜라닌 세포가 적은가 보지."

"건강에만 크게 문제없으면 남들보다 유독 하얀 게 나쁜 건 아니잖아."

흔히들 알고 있는 알비노까지는 아니었다. 하지만 조금 기묘한 분위기를 지닌 것은 사실이었다. 가까워지기 전까지는 그저 얼굴 허연 녀석쯤으로 생각했지만 말이다.

"너 커피 잘 안 마시잖아. 왜, 어딘지 알고 싶어?"

카페씩이나? 요즘은 편의점 커피도 얼마든지 맛있잖은가.

"그런데 주인이 막 가게 비워도 돼?"

동우가 텅 빈 주방을 건너다보며 물었다. 워낙 돈에 관심도 흥미도 없는 주인이라 손님이 빠지기 무섭게 주방을 탈출했다. 손님이 오든 말든 지금쯤 둘은 부녀만의 성대한 오찬을 즐기시는 중이겠지. 이곳의 실주인이 알면 또 한 소리 하겠지만. 아줌마가 주말만이라도 다른 식당에서 일한다 했을 때 왜 아저씨가 순순히 고개를 끄덕였는지 비로소 알 것 같았다. 단순히 페이가 높기 때문만이 아니란 것이 학계의 정설이었다.

"그런데 너 면허 있어? 설마 불법으로 타는 거야?"

내가 말하지 않았나. 중국집에서 일한다 하면 열에 열이 배달일이라 생각한다고. "How are you today?" 하고 물으면 곧 죽어가면서도 "I'm fine, thank you. And you?"를 외치는 것과 같지 않은가. 중국집 하면 철가방과 오토바이가 자연스레 연결되니까.

"여긴 배달 안 해. 난 그냥 주방 보조야."

"중국집이 배달 안 하고 장사가 돼?"

장사가 되니까 주말 알바도 쓰지 이 자식아, 하고 말하려다 단무지를 우물거리는 것으로 끝냈다.

"여기 짜장면 맛있다고 올 생각 마라. 점심시간에는 줄 서서 기다리는 곳이니까."

"그럴 것 같다."

녀석도 아저씨의 짜장면 맛을 인정한 모양이다. 사람들의 입맛만큼 천차만별한 것도 없지만 또 맛있는 것을 기가 막히게 찾아내는 능력만큼 비슷한 것도 없다.

"그래서 두건 쓰는구나?"

나는 객쩍은 표정으로 두건을 긁적였다. 동우랑 주말에 만난 것은 이번이 처음이지 싶다. 주말 아르바이트를 한다는 이야기를 학기 초에 했으니까. 무슨 일이냐는 질문에는 그냥 별일 아니라고 얼버무렸다. 녀석은 더 이상 아무것도 묻지 않았다. 며칠 전 성하 이야기를 하며 중국집에서 아르바이트를 한다고 말했을 때에서야 녀석은 묘한 호기심을 내비쳤다.

동우와는 시험 범위를 묻거나 뭐 하나? 같은 짧은 톡은 주고받았지만 주말에 따로 시간을 내서 만난 적은 없었다. 사는 곳이 반대 방향이라 동네에서 우연히 마주치는 것도 쉽지 않다. 사복을 입은 녀석의 모습이 어쩐지 생경했다.

"비웃지 마. 그나마 이상한 주방 모자 쓰는 것보다 이게 백번 나으니까."

"누가 비웃었대."

동우가 빙그레 미소를 지었다.

"생각보다 잘 어울려. 너 두건 쓴 모습."

"장난하냐?"

녀석이 키득키득 웃었다. 순간 이렇게도 사람을 엿 먹일 수 있구나 싶은 기분이 들었다. 하지만 상관없었다. 웃기니까 웃는 거겠지. 동우가 하얀 목울대를 울리며 물을 마셨다. 탁, 컵 내려놓는 소리에 멍한 정신이 돌아왔다.

네가 더 잘 알잖아

내가 일하는 곳까지 친히 찾아와 준 녀석이었다. 짜장면값은 동
우가 낼 거라고 큰소리쳤지만 그저 농담이었다. 머릿속에 공방 월
세며 한 달 생활비로 꽉 들어차 있는, 자본주의에 뼛속까지 물들
다 못해 누렇게 바랜 속물이라 해도, 친구한테 짜장면 한 그릇 못
사 줄 정도로 짠돌이는 아니다.

"그냥 해 본 소리라고."

"돈 받아."

녀석은 기어이 내게 만 원짜리 한 장을 내밀었다.

"야, 설마 내가 너 짜장면……."

"그럼 다음에 못 오잖아."

동우가 흘낏 유리문 밖을 살피며 말했다.

"가끔 네 백 믿고 느지막이 와서 눈물 나게 맛있는 짜장면 한 그릇 먹으려고 그런다."

녀석은 결국 거스름돈을 받고 난 후에야 식당을 빠져나갔다. 하여간 알다가도 모를 녀석이었다. 나는 주방으로 돌아와 싱크대에 쌓인 그릇들을 씻기 시작했다.

엄마는 지금쯤 한창 수업 중일 것이다. 주말 공방 수업은 늦은 오후 시간대가 많다. 주중 수업은 주부들을 위한 오전반과 직장인들을 대상으로 하는 저녁반이 열린다. 짧게는 두 시간 코스부터 전문가 코스까지 비용과 배우는 방법이 다양하다.

처음 공방을 찾은 사람들 중 오지랖이 넓은 몇몇이 엄마에게 물었다.

"강사님, 애인 있으시죠?"

"당연히 있죠. 제가 엄청 사랑하는 애인."

하지만 누구도 엄마의 애인이 열여덟 아들이란 사실을 눈치채지 못했다. 늦은 밤까지 수업이 진행되면 나는 가끔 엄마를 찾아간다. 공방에서 아파트까지는 10분 거리지만 밤에는 사고 나기에 충분한 시간이다.

건들건들 찾아간 공방에서 "아들 왔어?" 하고 엄마가 반갑게 소리쳤다. 그 모습에 몇몇 수강생은 놀라움을 감추지 못했고 서로가 서로를 빠르게 곁눈질했다. 그 눈빛 속에 선명하게 드리워지던 의구심들을 나는 애써 모른 척했다. 누군가는 새엄마가 아닐까 의심했지만 엄마와 판박이인 내 얼굴이 그런 생각을 한 방에 날려 주었다. 옷 가게 점원도 말하지 않았는가. 내가 엄마 얼굴을 쏙 빼닮았다고.

누가 뭐래도 나는 엄마 아들이다. 문제는 엄마가 대학도 아닌 고등학교 졸업 전에 나를 낳았다는 사실이다. 나는 신문 사회면에 가끔 언급되거나 텔레비전 시사 채널에 종종 **'혼자만의 책임 과연 타당한가?'** 등의 제목으로 소개되는, 10대 미혼모의 아들로 태어났다. 하지만 나는 한 번도 아버지에 대해 궁금해한 적이 없었다. 아이들이 친근하게 부르는 아빠가 아닌 지극히 생물학적인 관계로서의 아버지 말이다. 내 입에서는 단 한 번도 '아빠'라는 말이 나오지 않았다. 엄마를 위해서가 아니었다. 진짜 묻고 싶지 않았다. 어릴 적 우연히 낡은 노트 한 권을 펼치게 되었는데 그곳에는 엄마가 미혼모 보호시설에서 생활할 때의 일기가 적혀 있었다.

드디어 배냇저고릴 완성했다. 애착 인형과 손 싸개도 만들었다. 시설을 후원하는 분들이 아기를 위한 물품들을 보내 주셨는데, 근처 평생교육원에서 공예 수업을 하시는 강사님들이 자원봉사를 해 주셨다. 대부분 태어날 아기를 위한 것들과 육아에 필요한 용품들을 만들게 했지만 오늘 오신 강사 분은 조금 달랐다.

"오늘은 태어날 아기들한테는 조금 위험한 것을 만들려고 해요."

강사님의 한마디에 나를 포함 몇몇 예비 엄마의 두 눈이 휘둥그레

졌다. 태어날 아기에게 위험한 것이라니. 하지만 강사님이 꺼내 놓은 너무나도 아름다운 액세서리를 보며 우리의 입에서는 연거푸 감탄사가 터져 나왔다.

"대부분 뾰족하고 날카로워서 아기 입에라도 들어가면 큰일이죠."

강사님의 말처럼 직접 만든 핸드메이드 액세서리는 아기에게 충분히 위험해 보였다. 브로치에는 뾰족한 핀이 박혀 있었고 머리에 꽂는 장신구들도 죄다 날카로운 것들뿐이었다. 하지만 그렇기에 아름다웠다. 저렇게 반짝이는 것을 마지막으로 만져 본 적이 언제인가 싶었다.

"세상도 그래요. 아기를 포근포근하게 감싸 주지만은 않을 겁니다. 그래도 절대 기죽을 필요 없어요. 여러분은 누구보다 반짝이는 사람이니까."

각자가 만든 머리핀과 브로치를 자랑하며 우리는 그 반짝이는 것들을 서로의 머리와 가슴에 달아 주었다. 너무 두려워하지 말자고, 기죽을 필요 없다고, 우리도 다시 반짝반짝해질 수 있다고 꼭 그런 삶을 만들자 다짐하면서.

보석처럼 찬란했던 엄마의 다짐은 곧 생계라는 단단한 벽에 부딪혔다. 고작 열일곱의 소녀가 갓 태어난 어린 아기를 데리고 할 수 있는 일은 없었다. 두 시간에 한 번씩 젖을 물려야 하는 갓난아이를 데리고서는 주방에서 접시 닦는 일조차 불가능했다. 오직 아기를 지키기 위해 가족과의 연도 과감히 끊어 버린 상태였다.

그 순간 엄마는 문득 보호시설에서 만들던 핸드메이드 액세서리를 떠올렸다. 그러고는 명함에 적힌 강사님 번호로 연락을 취했다. 몇 마디 대화가 오고 간 뒤, 엄마는 시설에서 보조금으로 받은 몇 푼의 돈으로 재료들을 사다 액세서리를 직접 만들기 시작했다. 몇 가지 샘플을 강사님에게 보내자 생각보다 좋은 반응이 따라왔다.

처음에는 완제품을 납품하는 형식으로 시작했다. 그러다 홈페이지를 만들어 차례차례 작품들을 올려 보았다. 사람들의 반응은 뜨거웠다. 당장 살 수 있느냐, 입금하면 물건을 보내 줄 수 있느냐는 요청이 줄을 이었다. 엄마의 핸드메이드 액세서리 온라인 판매는 그렇게 시작되었다.

새벽이면 나는 엄마 등에 업혀 액세서리 부자재 시장을 종횡무진 누볐다. 어린아이를 들쳐 업고 상인들과 깐깐하게 물건을 흥정하던 엄마의 모습이 눈앞에 그려진다. 사람들은 어린 엄마에게 너나없이 한마디씩 했다. 아이가 아기를 낳았다고, 아이가 아기를 키운다고 말이다. 그 아이가 세월이 흘러 어느덧 서른 중반이 되었다. 그 아이에게 업힌 아기는 열여덟의 껑충한 고등학생으로 자라났다.

초등학교 3학년 때쯤으로 기억한다. 하루는 친구와 놀고 있는데 장을 봐 온 그 녀석의 엄마가 나릿나릿 다가왔다. 그만 집에 가자는 뜻이었다. 친구가 팔랑팔랑 손을 흔들고는 제 엄마와 함께 돌아섰다. 그 순간 멀리서 한 남자가 달려와 친구 엄마의 손에 들린 장바구니를 빼앗아 들었다. 그 사람이 누구인지는 묻지 않아도 알 수 있었다. 이제 막 퇴근한 녀석의 아버지였다. 나는 습관처럼 엄마를 떠올렸다. 엄마가 무거운 것을 들었을 때 저렇게 대신 들어 줄 사람이 있었으면 좋겠다는 생각 말이다. 엄마에게는 무거운 짐도 힘들고 어려운 문제도 모두 혼자만의 몫이니까. 엄마가 힘들 때 곁을 지켜 준 사람은 아무도 없었다. 그저 약하고 힘없는 나 이외에는. 그러나 그 시절 나는 엄마를 위해 할 수 있는 일이 아무것도 없었다.

단 한 번도 아버지를 원한 적이 없었다. 그런 존재 없이도 엄마와 생활하는 데 전혀 문제 되지 않았으니까. 우리는 툭탁거리는 남매처럼, 세상 가까운 친구처럼 지내 왔다. 시간이 지날수록 우리의 관계는 돈독하다 못해 역할이 뒤바뀌는 경우도 있었다. 솔직히 엄마와 아들이 지켜야 할 역할은 반드시 이거다, 라고 교통법규처럼 정해진 것도 아니지 않는가.

비록 최신형 장난감을 손에 넣을 수 없었지만, 자전거나 킥보드를 탈 수는 없었지만, 그럼에도 나는 괜찮았다. 엄마와 끓여 먹는 짜장 라면 한 그릇에 행복했고, 방학이면 엄마 손을 꼭 잡고 액세서리 부자재 시장을 누비는 것도 좋았다. 상인들이 건네준 용돈과 간식거리가 탐나서는 절대 아니었다. 절대로 말이다.

하지만 엄마가 아프거나 경제적인 문제로 힘들어할 때면 어린 나는 고민했다. 엄마를 병원까지 데려가고, 엄마가 힘들지 않게 곁에서 지켜 주는 사람이 존재하기를 바랐다. 그리고 그 바람은 여전히 현재진행 중이다. 내 아버지가 아닌 엄마의 남자로서 누군가 나타나 주기를. 물론 그렇다고 엄마가 연애나 결혼을 희망한다는 건 절대 아니다. 내가 세상에 빛을 본 순간부터 오늘까지 엄마는 하루를 48시간처럼 살아왔으니까. 최지혜 씨에게는 어쩌면 외로움조차 사치가 되었는지도 모른다. 그래서 더더욱 바란다. 엄마도 더 나이가 들기 전에 가슴 따뜻한 사랑이라는 것을 해 봤으면, 하고 말이다.

"아! 진짜 김치찌개 칼칼하니 맛있네. 그냥 분식집 말고 김치찌개 전문점 해도 되겠어."

아저씨가 안으로 들어서며 말했다. 그런데 함께 들어와야 할 성하가 보이지 않았다. 아마 또 후식으로 매번 찾는 편의점 커피를 사 먹으러 갔을 것이다. 손님들의 음식 취향 못지않게 (어쩌면 그 이상) 제 입맛에도 민감한 녀석이니까.

"친구는 갔어?"

"네."

아저씨가 주방으로 들어와 허리에 앞치마를 둘렀다.

"짜장면값은 금고에 넣어 놨어요."

이 한마디에 아저씨가 휙 몸을 돌려세웠다.

"이 녀석아, 설마 내가 네 친구한테 짜장면 한 그릇 못 만들어 줄까. 너는 또 친구가 준다고 그 돈을 순순히 받았어?"

물론 받을 생각은 없었다. 그렇다고 공짜 짜장면을 먹일 생각도 아니었다. 남에게 피해 주는 것은 죽기보다 싫으니까. 동우 몫은 내가 내려 했다. 아저씨 말마따나 직접 찾아온 친구한테 그 정도 대접은 충분히 할 수 있었다.

"여기서 2년 가까이 일하면서 네 친구가 찾아온 건 오늘이 처음이다, 그렇지?"

몇몇 녀석은 내가 주말 아르바이트 한다는 사실을 알고 있었다. 하지만 정확히 무슨 일을 하는지는 모른다. 동우에게는 어쩌다 보니 말해 버렸지만, 괜히 다른 녀석들에게까지 알렸다가는 우르르 몰려와 쓸데없는 서비스라도 기대할지 모른다. 학교에는 그러고도 남을 녀석이 수두룩 빽빽했다. 자기 필요할 때만 꽤나 친한 척하는 이기적인 자식들 말이다.

"아주 친한가 봐?"

나는 모호한 표정으로 대답을 미뤘다. 동우와 가까이 지내는 건 맞지만 아주 친하다고는 볼 수 없다. 적어도 그 녀석은 내게 아침마다 쾌변 본 이야기는 절대 내뱉지 않는다.

"대충 마무리했으면 그만 들어가 봐."

아직 저녁 장사가 남아 있다. 하지만 점심처럼 바쁘진 않을 것이다. 짜장소스도 충분히 만들어 놓았고 해물 손질이며 반죽까지 모두 끝낸 상태다. 손님이 오면 바로바로 음식을 내어 줄 수 있다. 중식 특성상 저녁보다는 주로 점심에 손님이 몰리니까. 가끔 저녁에도 손님이 한꺼번에 밀려드는 경우가 있는데 그럴 때면.

"갑자기 손님들 몰려왔어. 빨리 가게로 다시 와. 5분 내로 안 튀어 오면 내가 널 튀겨 버릴 테니까."

성하는 이렇듯 정중하게 저녁 아르바이트를 부탁하고는 했다.

설거지를 다 끝낼 때까지도 성하의 모습은 보이지 않았다. 커피한 잔 사 오는데 뭔 시간이 그리 오래 걸린다고. 나는 문 쪽을 바라보며 아저씨에게 물었다.

"성하는 왜 안 와요?"

아저씨가 어이없다는 표정으로 코웃음 쳤다.

"그 녀석 제 오빠 최종 합격하자마자 '오빠, 내가 많이 응원했던거 알지' 하면서 결국은 지 필요한 것부터 줄줄이 써 대더라. 지금성빈이랑 톡 중일 거야."

손등에는 아직 밴드가 붙어 있었다. 요즘 밴드는 얼마나 접착력이 뛰어난지 아무리 물에 젖어도 떨어질 생각조차 않는다. 벌써몇 시간째 붙이고 있는데도 그대로냔 말이다. 신경질적으로 밴드를 떼어 내자 붉은 상처가 보였다.

"어서 들어가 봐. 저녁에 먹게 볶음밥이라도 한 그릇 싸 줄까?"

"괜찮아요."

"너는 이 녀석아, 다 좋은데 맺고 끊는 게 너무 칼 같아. 가끔은징징거리기도 하고 요령도 피우고 해야 하는데, 빈틈이라고는 전혀 없잖아. 너무 그래도 징그러운 거야. 가끔은 툴툴거리고 어른한테 부탁도 하고 그래야 정도 들지, 인마."

아저씨 말은 사실이다. 나는 맺고 끊는 게 명확했다. 아저씨는 가끔 아르바이트비를 시급보다 더 얹어 주고는 했는데 그 달은 유독 손님이 많았다는 뜻이다. 손님이 많든 적든 나는 시간 내에만 일하기로 약속이 된 상태다. 손님이 많았다고 아르바이트비를 더 받으면 손님이 없을 때는 깎아도 된다는 뜻일까? 맺고 끊는 것이 정확한 나와 달리 아저씨는 항상 두루뭉술하게 계산했다.

하지만 나는 정확한 시급 외에 모든 돈을 다시 금고에 넣어 두었다. 더도 말고 덜도 말고 딱 일한 만큼만 받고 싶었다. 남에게 괜한 호의를 받는 게 싫었다. 타인에게 어떠한 피해도 입히기 싫었다. 그저 눈에 띄지 않게 조용히 살고 싶었다. 똑같이 잘못을 해도 사람들은 내게 다른 시선을 던지니까. 그 누구도 나를 보며 혹은 엄마를 향해 역시 그럴 줄 알았다는 말은 해서는 안 되었다.

나는 가급적 주어진 일에 최선을 다하려 했다. 크게 모나지 않도록, 딱히 문제 될 리 없도록 하루하루 성실하게만 지내고 싶었다. 그러나 아무리 세상이 변하고 사회가 바뀌어도 사람들은 여전히 차별적인 시선을 거두지 않았다. 여전히 많은 이가 미혼모와 한 부모 가정에 뭔가 문제가 있지 않을까 싶은 곱지 않은 눈초리를 보낸다. 생각보다 훨씬 많은 사람이 다름과 틀림을 똑같이 여기곤 한다.

나는 앞치마를 풀어 벽에 걸어 두었다. 두건을 벗고 화장실에서

세수를 했다. 하루 종일 센 불 앞을 종종거렸더니 머릿속까지 익어 버린 기분이다. 두건에 눌린 머리는 대충 젖은 손으로 넘겼다.

밖으로 나오는데 성하가 보였다. 녀석은 뭐가 좋은지 얼굴에 싱글벙글 미소가 끊이지 않는다. 동생 바보가 취업을 했으니 첫 월급은 제 것이라 여기는 모양일까.

"그럼 먼저 들어가 보겠습니다."

주방을 향해 소리치자 아저씨가 수고했다며 손을 들었다. 성하가 성큼 가까이 다가왔다.

"나 잘하면 폰 바꾸겠다. 아니야! 노트북이 먼전가?"

"성빈이 형이 너 폰이랑 노트북 바꿔 주려고 취업했겠냐?"

나는 녀석을 지나쳐 문을 향해 걸어갔다.

"물론 아니지. 설마 그런 이유로 그 힘든 취업 관문을 뚫었을까?"

성하의 한마디에 나도 모르게 주춤 걸음이 멈춰졌다.

"우리 오빠가 왜 미친 듯이 취업 준비했는지는."

녀석이 귓가에 나직한 목소리로 속삭였다.

"최노을, 네가 더 잘 알잖아. 아니다, 어쩌면 너희 엄마가 더 잘 아시……."

"닥쳐라, 좀."

미안하지만 전혀 모르겠다. 성빈이 형이 취업한 이유를 내가 어떻게 알아? 아니, 취준생이 취업 준비하는 게 당연한 거 아니야?

그럼에도 성하는 왜 얄밉게 싱글거리는지, 아저씨의 눈치를 살피며 징그럽게 속삭이는지 모를 일이다. 평소에도 얄미운 짓만 골라 하더니 이 자식 오늘따라 사람 속 엄청 긁어 댄다.

나는 벌컥 문을 열고 가게를 빠져나왔다. 녀석이야 말로 천하태평이다. 다른 누구도 아닌 제 오빠의 일을, 그 동생 바보의 일을 남의 집 불구경 보듯 하다니. 설마 진짜 그런 일은 벌어지지 않는다는 믿음일까? 아니면.

"나는 우리 오빠 의견 존중해. 가급적 오빠의 입장에서 생각해 보고 싶거든."

정말 성빈이 형을 응원이라도 한다는 걸까? 말도 안 되는 소리다. 저 자식이 아저씨를 닮아 가끔 대책 없어 보이긴 하지만 이렇게까지 아무 생각 없는 녀석은 절대 아닌데, 대체 무슨 생각을 하고 있는지 전혀 모르겠다.

계단을 내려오다 지혜공방을 살펴보았다. 엄마는 수강생들에게 브로치 만드는 법을 설명 중이었다. 두 명의 여자 사이에 남자 한 명이 앉아 있다. 20대 초반쯤 되려나? 여자 친구에게 줄 선물이라도 준비하는 모양이다. 혹여 또 모를 일이다. 엄마에게 선물하려는 요즘은 보기 드문 효자인지도…….

나는 뒤돌아 계단을 내려왔다. 평소보다 바빴던 날도 아니었다. 오히려 손님이 일찍 끊겼다. 그런데도 갯벌을 걷듯 걸음이 느적거린다. 성빈이 형 취업 성공이 나와 무슨 상관이라고 그 한마디가 시끄러운 모기처럼 귓가에서 왱왱거린다. 시간이 2, 4, 6, 8로 흘러 갔으면 좋겠다. 그럼 나는 자라겠지만 엄마는 늙겠지? 그건 또 끔찍하게 싫다. 엄마는 그냥 이대로 있고 나만 자랐으면 좋겠다. 참 유치한 생각만 하고 최노을, 네가 미쳐도 단단히 미쳤구나.

나는 집을 향해 걸음을 옮겼다. 저녁은 또 뭘 할까? 엄마가 좋아하는 찜닭을 할까? 그래 봤자 다리 하나에 날개 하나, 감자와 당면 몇 가닥 집어 먹고는 또 배부르다 하겠지?

지금이야 어엿한 공방도 있고 온라인 쇼핑몰도 어느 정도 유명해졌지만 이렇게 되기까지 참 힘든 시간을 겪어야 했다. 특히 겨울철이 그랬다. 다들 두꺼운 외투를 걸치는 탓에 액세서리에 큰 관심을 두지 않았으니까. 추운 겨울 지하 셋방에 누워 빛바랜 천장의 무늬를 세고 있으면 문틈으로 솔솔 고소한 치킨 냄새가 풍겨 오고는 했다.

꼴깍꼴깍 침을 삼키는 어린 아들을 보며 엄마는 큐빅 박던 면봉을 내려놓고 밖으로 나갔다. 그러고는 잠시 후 서늘한 냉기와 함께 돌아왔다. 엄마가 품속에서 꺼낸 것은 600원짜리 치킨 맛 과자였다. 엄마는 과자 하나도 그냥 주지 않았다. 접시에 과자를 쏟아 놓고는 가위바위보를 해서 이기는 사람이 하나씩 가져오는 게임을 제안했다.

엄마가 연거푸 두 번을 이기자 슬슬 불안이 밀려들었다. 다음은 나의 승리. 세상을 다 가진 듯 소리 지른 후, 내 접시에 과자 하나를 옮겨 왔다. 그 순간 나에게 가장 중요한 것은 가위바위보를 이겨 단 하나의 과자라도 더 가져오는 것이었다. 나는 게임에 무섭게 집중했고 투지를 불살랐다.

승리로 맛본 과자는 세상 그 어떤 음식보다 달고 맛있었다. 엄마는 한 번도 내게 미안하다는 말을 하지 않았다. 다만 어린 아들에게 줄 수 있는 최상의 것을 주었고, 그것이 나에게도 최고가 될 수 있게끔 만들었다. 덕분에 나에게 유년 시절의 결핍은 그리 크지 않았다. 그러나 엄마는 아니었을 것이다. 나는 과연 엄마에게 어떤 최상의 것을 줄 수 있을까?

벌써 11월이다. 한 해도 얼마 남지 않았다. 나는 곧 열아홉이 되고 엄마는 서른다섯이 된다. 나는 엄마를 볼 때마다 점점 더 안타깝다. 고작 열여섯 차이 때문일까? 최지혜 씨는 내게 엄마이자 좋은 친구다. 그 친구가 이제라도 행복했으면 좋겠는데. 그 행복에 제발 엉뚱한 잡음만은 들어오지 않기를 바란다.

아무리 생각해도 찜닭은 무리다. 오늘은 자꾸만 몸이 가라앉는다. 간단하게 김치볶음밥이나 해야겠다. 집에 베이컨이 있으려나. 머릿속으로 냉장고 속 식재료들이 어지럽게 지나갔다. 그래, 아직 아무것도 일어나지 않았다. 아무것도, 또 아무 일도…….

급식을 먹고 밖으로 나왔다. 오늘따라 햇살이 따스했다.

"광합성 해야지."

동우가 교실이 아닌 운동장으로 걸음을 옮겼다. 녀석도 오랜만의 햇살이 반가운 모양이다. 나도 동우를 따라 운동장 벤치에 엉덩이를 걸쳤다. 이제 기말고사가 한 달도 남지 않았다. 이런 상황에서 여유를 부리는 게 불안했지만 점심 먹은 뒤 책상에 앉아 보았자 졸기밖에 더 할까. 잠시 머리를 식히는 것도 좋을 것 같았다. 광합성은 식물에게만 필요한 것이 아니니까.

"네 여친, 너랑 분위기가 많이 다르더라. 되게 에너지 넘쳐 보여."

동우가 벤치에 앉아 등 뒤로 손을 뻗었다. 녀석의 시선이 멀리 하늘로 향했다. 나는 머릿속으로 성하를 떠올려 보았다. 뭐, 에너지야 늘 넘치다 못해 폭발하니까 잘 보긴 했다.

언젠가 엄마랑 밥을 먹는데 텔레비전 화면에서 한창 인기 절정인 아이돌 그룹이 나왔다. 여타 아이돌과 달리 멤버 모두가 저마다 독특한 개성으로 중무장되어 있었다. 덕분에 팬층이 다양하고 두터운 그룹이었다.

"나는 저 피부 까무잡잡하고 쌍꺼풀 없는 얼굴. 아, 그래. 쟤 이름 자야 맞지? 나는 쟤 보면 항상 성하가 생각나더라."

"쟤가 어딜 봐서 성하야? 쌍꺼풀 없는 것 빼면 닮은 게 하나도 없는데?"

"아냐. 그 특유의 발랄하고 밝은 분위기랑 통통 튀는 매력 같은 게 둘이 아주 비슷해."

"엄마, 성하는 발랄한 게 아니라 괴랄한 거야. 통통 튀는 게 아니라 혼자 광분해 튕겨 나간다고."

이렇듯 친히 정정해 주었지만 엄마의 말 때문일까? 텔레비전에 자야가 나오면 어쩐지 성하가 떠올랐다. 자세히 보면 둘이 비슷한 이미지인 것 같다. 밝은 에너지가 충만하니까. 물론 그 밝은 얼굴에서 입만 열면 걸쭉한 욕설과 함께 남자끼리도 선뜻 내뱉지 못할 말만 줄줄이 흘러나와서 문제지만. 아무리 생각해 봐도 성하 그 녀석은 제 오빠보다도 나를 더 편하게 생각하는 것 같다.

"야, 배고파 뒈지겠으니까 빨리 튀어나와."

이렇게 말하던 녀석이 제 오빠랑 통화하는 것을 보면 진짜 3년 전에 끓여 먹은 라면이 올라올 정도다.

"웅, 배가 살짝 고프긴 한데 그냥 편의점에서 삼각김밥이나 사 먹으려고. 피자 너무 좋지. 우리 오라버니가 사 주시는 거라면 이 동생 뭐든 싫겠사옵니까?"

누가 알면 친오빠가 아닌 남자 친구와 통화하는 줄 알 것이다. 열 살 차이의 위엄이란 실로 대단하지 않을 수 없다.

"말했잖아, 그냥 여자 사람 친구라고. 우리랑 똑같은 녀석인데 염색체가 조금 다를 뿐이야."

적어도 나에게는 그런 친구다. 성격만 보자면 동성보다 몇 배 더 편한 녀석.

"너는 남자와 여자가 친구가 될 수 있다 생각해?"

나는 내가 할 수 있는 한 크게 고개를 끄덕였다. 드라마나 영화에서 종종 등장하는, 오랜 친구가 사랑으로 끝나는 스토리야 수도 없이 봐 왔지만 미안하게도 나는 아니다. 솔직히 드라마에서 재벌 2세와 평범한 주인공의 사랑 이야기가 얼마나 많으냔 말이다. 뭔 재벌이 길에 널린 편의점처럼 툭하면 나타나는지 원. 평범한 주인공이 길에서 도운 할아버지가 재벌 회장이고, 우연히 부딪힌 상대가 알고 보니 대기업의 후계자란다. 무슨 편의점 원 플러스 원 행사 상품도 아니고, 기업 총수와 후계자를 며칠 사이에 연달아 만나다니. 그들만의 세상이 엄연히 따로 있다는 사실은 초등학생도 다 아는데. 하긴 그래서 드라마요, 영화라 할 수 있겠지만 말이다.

그러나 현실은 어떠한가. 재벌은커녕 조물주 위에 존재한다는 건물주조차 보기 어려운 게 세상이다. 그러니 드라마나 영화에서 오랜 친구가 연인으로 이뤄지는 이야기가 꼭 현실에서도 나타나란 보장은 전혀, 절대, 네버 에버 없을 가능성이 높다.

"그 녀석이랑 무인도에 단둘이 떨어뜨려 봐라. 나중에는 물고기 잡은 거 더 먹겠다고 서로에게 죽창을 겨누고 있을 거다."

절대 과장이 아니다. 나와 성하라면 충분히 가능한 일이다.

"사람들이 말하잖아. 절대 남녀 사이에 친구가 존재할 수 없다고."

"외계인 존재도 믿는 인간들이, 남녀 친구 사이를 못 믿는다고? 나랑 성하가 끝까지 친구로 남으면 외계인보다 몇 배는 더 희귀한 존재가 되는 거냐?"

사람들의 말이라. 그래, 사람들은 곧잘 자신의 생각이 답이라 믿는다. 그것에 벗어난 이들을 절대 고운 시선으로 보지 않는다. 오래전부터 그랬다. 나와 성하 둘 중 하나는 분명 고백할 거라고. 우정이란 이름의 그럴싸한 연극은 깨질 거라고 말이다. 마치 그렇게 되어야만 한다는 듯 하루라도 빨리 우리 두 사람의 관계가 데면데면해지길 바라는 것 같았다. 초등학교를 시작으로 중고등학교, 대학 졸업 후 취업까지 줄줄이 정답만 찾다 보니 마치 삶에도 사지선다형 중 하나의 답만 있다 믿는 걸까. 아들이 있으면 결혼했다 생각하고, 엄마가 있으면 아버지란 단어가 아무렇지 않게 따라 붙는 것처럼 말이다.

뭐 어쨌든 배도 부르겠다, 점심시간은 아직 15분이나 남아 있겠다. 오늘같이 햇살 좋은 날 그저 아무 생각 없이 늘어지게 낮잠이나 자면 얼마나 좋을까? 나는 흘깃 동우를 곁눈질했다.

"야, 너 상체 뒤로 좀 더 빼 봐."

뭐? 싶은 눈빛에 나는 몸을 돌려 동우의 허벅지를 베개 삼아 누웠다. 시커먼 남자 다리 베고 눕는 거 나도 전혀 취미 없다. 그런데 너무 나른하다. 아주 잠깐이라도 이렇게 있고 싶다.

"야! 지금 뭐, 뭐 하는 짓이야. 징그럽게."

녀석이 말까지 더듬으며 진저리쳤다. 나는 그러거나 말거나 스르륵 두 눈을 감았다. 나뭇가지 사이로 스며드는 햇살이 너무 눈부시다.

"나도 징그러운 건 마찬가지야. 그런데 형님이 좀 피곤해서 그런다. 그러니까 너도 눈 감아. 눈 감고 나를 이상형이라 생각해."

귓가에 쏴쏴 바람 소리가 들려온다. 벤치에 누워 있으니 꿈을 꾸듯 나른하다.

"이상형?"

"왜, 네가 간다는 그 카페……. 아, 몰라. 대충 그냥 좀 넘어가."

눈을 감은 채 나직이 중얼거렸다. 바람이 부드럽게 머리를 건드렸다.

"야, 최노을."

"응."

"너 진짜 그 여자애랑 아무 사이 아니야?"

"내가 지금 어디에 누워 있는지 잘 상기하기 바란다. 한 번만 더 물어보면 나도 내가 무슨 짓을 할지 몰라. 나는 절대 네 미래의 여자 친구에게 미안한 짓은 하고 싶지 않으니까."

두 사람 사이에 편안한 침묵이 찾아들었다. 눈을 감고 있으니까무룩 잠이 밀려온다. 의외로 동우의 다리가 편안하다. 징그럽다며 펄쩍 뛸 줄 알았는데 생각보다 순한 녀석이다. 아, 이대로 딱 한 시간만 자면 소원이 없겠는데.

"최노을. 그럼 혹시."

5교시는 뭐였더라? 오늘 영어 단어 시험 본다고 하지 않았나. 아니, 그랬다면 동우가 한가롭게 해바라기나 하고 있지 않겠지. 이 녀석도 꽤나 야무져서 제 할 일은 똑 부러지게 한다. 전교에서 노는 브레인이 오죽할까? 만약 시험이 있다면 나에게도 미리 대비하라 말해 주었을 것이다. 말수가 적고 속마음을 잘 털어놓지 않을 뿐 동우는 정이 많은 녀석이다. 무엇보다 노트 필기를 기가 막히게 한다. 오답 노트 만드는 것이 과히 참고서 수준이다.

"빌려주긴 하는데 대신 절대 복사는 하지 마. 직접 네 노트에 옮겨 적어. 안 그러면 안 빌려줄 거야."

"알았다, 인마. 네 노력 쉽게 가져가지 말라는 거 아니야."

처음에는 조금 치사한 생각도 들었다. 내가 일일이 노트에 옮겨 적었는지 확인까지 할 때는 어이없는 웃음이 나왔다. 그러나 머지않아 알게 됐다. 동우가 왜 노트 복사를 금지했는지. 그냥 복사한 것을 보는 것과 직접 노트에 옮겨 적은 것에는 상당한 차이가 있었다. 필기를 하며 머릿속에 개념이 잡히기 시작했고, 동우가 쓴 내용 위에 나만의 새로운 정보를 덧붙일 수도 있었다. 손으로 한 자 한 자 적어 간 내용은 암기도 빨리되었다. 엄연히 나도 라이벌 중 한 명인데 전교를 무대로 활동하는 녀석은 나와 레벨부터 다르단 뜻이겠지. 어쨌든 동우 덕분에 2학년으로 올라와 성적이 많이 향상되었다. 물론 단순히 그 이유 하나만으로 동우와 가깝게 지내는 건 절대 아니다.

"너, 왜 나 공부시키는데?"

장난처럼 묻자 녀석이 양쪽 입꼬리를 말아 올렸다.

"친구라며? 네가 먼저 말하지 않았나?"

그 평범한 한마디가 이상하게 가슴을 건드렸다. 어쩐지 동우하고는 꽤 오랫동안 친구가 될 것 같은 예감이 들었다. 만약 오늘 단어 시험이 있었다면 녀석은 아침에 이미 톡을 보냈을 것이다. 그러니 5교시는 아무 문제 없다. 이대로 5분만 잠들면…….

"내 말 듣고 있어?"

그런데 오늘따라 이 자식이 왜 이렇게 말을 시키는지 모르겠다.

"아, 뭐?"

"해 줄 수 있냐고?"

"그러니까 뭘?"

"그 여자애 나 소개해 달라고."

동우의 한마디에 퉁기듯 상체를 일으켰다. 눈꺼풀을 짓누르던 잠의 요정이 한순간 사라져 버렸다. 지금 무슨 소리를 하는 거야? 누구를 누구에게 소개해 달라고?

"그 성하라는 애, 너랑은 그냥 친구 사이라면서. 왜, 안 돼?"

그런 거였어? 이 녀석이 내가 일하는 곳까지 찾아온 이유가 바로 성하 때문에? 그러고 보니 처음 만난 날도 성하와 나를 몇 번이나 번갈아 보았다. 가게에서 문밖으로 사라지는 성하의 뒷모습을 오랫동안 쳐다본 것도 기억났다.

"성하 사귀는 사람 없다며."

물론 없다. 그러니 주위에서 더더욱 성하와 나를 엮는 거겠지.

"안 돼?"

글쎄, 성하가 짝사랑하던 남자애들은 많이 봐 왔다. 그중 뭔가 이뤄질 듯 야릇한 분위기도 있었지만 결론만 보자면 모두 와장창 깨져 버렸다. 그렇다고 내가 직접 그 녀석에게 내 친구를 소개해 줄 생각은 한 번도 하지 않았다. 성하에게 소개해 줄 만큼 괜찮은 녀석도 없었거니와 지금껏 가깝다 느낄 만한 친구도 없었으니까.

"왜 대답이 없어? 너희 그런 관계 아니잖아."

전부터 누누이 강조했듯 성하와 나는 그렇고 그런 관계가 절대 아니다. 그런데 뭐지. 이 알 수 없는 기묘한 느낌은? 5교시 시작이 5분 남았다는 예비 종이 울렸다. 먼저 자리를 턴 녀석이 안 가? 싶은 표정을 지었다. 그래, 우선은 교실로 돌아가자. 가서 생각이라는 것을 한번 정리해 보자. 안 그래도 복잡한 머릿속이 저 자식 때문에 더더욱 꼬이기 시작한다.

"빨리 일어나."

동우가 자박자박 운동장을 가로질렀다. 성하와 동우라? 나는 자리에서 일어나 녀석의 뒷모습을 바라보았다. 뭔가 대단히 극과 극인 것 같은데 그래서 어울릴지 상극일지는 잘 모르겠다. 그나저나 저 엉뚱한 녀석은 성하의 어디를 보고 소개까지 해 달라는 걸까? 단순히 외모만 보고? 아니, 동우의 성격상 절대 그럴 리 없을 텐데. 하긴 내가 얼마나 동우를 잘 안다고. 학교에서 가깝게 지내는 것이 전부일 뿐이다. 아직 서로의 집조차 가 본 적이 없다. 과묵한 줄 알았는데, 저 얌전하게 생긴 녀석도 피 끓는 열여덟이란 뜻인가?

그런데 왜 하필 성하일까? 고작 두어 번 스치듯 만난 게 전부였다. 말조차 섞어 본 적 없다. 뭐, 그것이 원래 남녀 사이겠지만 말이다. 눈이 마주친 순간 손끝이 저릿한 느낌. 하긴 그런 경험조차 없는 내가 이런 말을 하는 것 자체가 모태솔로가 연애 훈수 두는 것만큼 웃긴 이야기일지도.

하늘에서 비둘기 두 마리가 둥글게 맴돈다. 곧 연말이고 크리스마스도 다가온다. 추운 겨울 저 녀석도 옆구리가 시린 걸까? 나는 동우가 사라진 운동장을 나릿나릿 걸어갔다.

식어 버린 붕어빵

"엄마."

최지혜 씨가 고개를 들고는 두 눈을 끔뻑였다. 왜? 되묻는 눈빛에 결국 아무 말도 하지 못했다. 나는 황급히 어묵볶음을 집어 먹었다. 굴소스를 너무 많이 넣어서 좀 짜게 되어 버렸다. 언제부터 요리를 시작했는지는 잘 기억나지 않는다. 초등학교 4학년 때쯤이었을까?

엄마는 자주 시장에 나갔다. 요즘 유행하는 액세서리를 보기 위해서. 지금이야 몇몇 주얼리 잡지와 패션지를 구독해 보지만 그때는 그런 것조차 사치였다. 엄마는 수십 곳의 액세서리 매장을 발로 뛰며 잘 나가는 제품들을 눈여겨보았다. 그러고는 그런 것들과 반대되는 디자인을 구상했다. 뭔가가 유행하면 사람들은 너 나 할 것 없이 그것들을 따라가니 유행은 금방 시들기 마련이다. 엄마는 공장에서 찍어 내는 제품과는 다른, 진짜 수공예로 만들었구나 싶은 액세서리들만 제작했다. 유행을 역으로 이용한 것이다. 그리고 그 방법을 지금도 고수 중이다.

유행보다는 나만의 특별함을. 남들 다 가지고 있는 것이 아닌 세상에서 단 하나뿐인 디자인을. 이것이 엄마가 핸드메이드 액세서리를 만드는 모토이자 주제였다.

어떤 일이든 결과라는 것을 손에 넣으려면 노력과 공부, 연구가 꾸준히 뒷받침되어야 했다. 그렇지 않고서 성공을 기대하기란 어려웠다. 엄마는 두 다리가 퉁퉁 부을 때까지 시장과 백화점을 돌며 거리의 사람들을 세밀하게 관찰했다. 또한 새로운 디자인 공부를 게을리하지 않았다. 하나의 액세서리를 만들기 위해 수십, 수백 장의 밑그림을 그렸다.

디자인을 전문적으로 배운 적도 없었고 미혼모 보호시설에서 강사를 따라 브로치를 만든 것이 전부였다. 가지고 있는 지식과 정보가 초라하고 부족할수록 엄마는 미친 듯이 일에 매달렸다. 그때는 그것만이 전부였으니까. 우리 모자의 생계가 걸린 문제였으니까. 엄마는 치열했고 그만큼 간절했다. 밥 먹는 것과 자는 시간도 잊을 만큼 생계와 삶, 세상이란 적과 하루하루 힘겨운 전투를 벌였다.

나는 철이 들었다는 말을 좋아하지 않는다. 엄마와 나는 한 팀이었고 함께 노력했다. 엄마가 액세서리 부자재 시장을 돌며 물건을 구입하는 동안 나는 김치볶음밥을 만들었다. 버터는 사치였다. 마가린으로 김치를 볶은 후 밥과 함께 약간의 고추장을 섞었다. 마지막으로 계란 하나를 깨뜨려 넣고 간장으로 간을 맞추면 멋진 김치볶음밥이 완성된다.

언젠가 엄마가 하는 것을 유심히 본 적이 있었다. 빨래를 널고 개는 것부터 방 정리와 밥상 차리는 것까지 나는 허투루 보지 않았다. 엄마가 습관처럼 행인들의 목걸이와 브로치, 머리핀을 꼼꼼하게 눈에 담아 놓는 것처럼 말이다. 우리는 한 팀이기에 서로를 위해 할 수 있는 것들에 최선을 다했다. 엄마가 생계를 위해 먹고 자는 시간까지 아낀다면 나는 그런 엄마가 조금이라도 편히 쉴 수 있도록 가급적 집안일을 내 손에서 끝내려 했다.

"아들, 우리 잘하고 있는 거야. 맞지?"

나는 엄마의 이 말이 좋았다. 그래, 우린 잘하고 있었다. 좀 더 잘해 내려 노력했다. 그 결과 고작 열두 살의 나이로 방세니 생활비 같은 말들을 내뱉었지만. 누군가는 이런 내 유년을 두고 너무 철이 일찍 들었다며 안타까워할지도 모르지만 정작 나는 김치볶음밥을 맛있게 먹는 엄마를 보는 것이 좋았다. 엄마가 조금 더 일찍 잘 수 있다면 그것으로 족했다. 엄마는 늘 우리라는 말을 입에 올렸다. 우리란 말 속에는 내가 너를 위해서가 아닌, 서로가 서로를 위해 함께한다는 의미가 담겨 있었다. 한쪽의 일방적인 희생이 아니라 협력이었고, 한 명이 앞서 걷는 것이 아니라 나란히 보폭을 맞춘다는 뜻이었다.

하지만 시간이 흘러 내 키가 엄마를 내려다볼 정도로 커지다 보니, 엄마를 위해 내가 할 수 있는 일에 어떤 한계가 있음을 느끼게 됐다. 이제 엄마가 마트에서 산 무거운 식자재 따위는 얼마든지 들어 줄 수 있었다. 과거와는 비교할 수 없을 정도의 다양한 요리를 만들 수 있었다. 저녁이면 엄마를 마중 나갈 수도 있었다. 거실 소파에서 웅크려 잠든 엄마를 안아다 침대에 눕힐 수 있을 만큼 자랐다. 그러나 이런 나도 엄마에게 해 줄 수 없는 일이 존재한다는 사실을 알게 됐다.

"불러 놓고는 왜 말이 없어."

엄마가 호록 계란국을 떠먹었다. 엄마는 한 달에 한 번 미혼모 보호시설을 찾아 핸드메이드 액세서리 공예 수업을 한다.

"그렇게 경쟁자들 키우면 안 되는 것 아니야?"

나의 우문에 엄마의 현답은 이러했다.

"그게 목적이자 꿈이야. 그곳의 모든 사람을 다 내 경쟁자로 만드는 거. 그렇게 다들 앞서거니 뒤서거니 하며 하루하루 살아 내는 거."

그들은 엄마의 바람대로 하루하루 끈질기게 살아갔다. 또 다른 누군가는 아이를 포기하는 경우도 있었다. 하지만 세상 누구도 그들을 비난할 자격은 없다. 진짜 비난받고 손가락질받을 이들은 따로 있으니까. 내가 아버지에 대해 묻지 않는 건 바로 이 때문이다. 몇 살이었고 어떻게 생겼으며 어디 사람이었는지 절대 알고 싶지 않았다. 만약 알았다가는 그 또래 남자들이 모두 한 사람처럼 보일 것이 뻔했다.

내가 아버지가 아닌 엄마의 성을 쓴다는 것, 아버지가 엄마와의 사별이나 이혼 때문이 아닌 처음부터 존재하지 않았다는 것, 엄마와 내 나이가 열여섯밖에 차이 나지 않는다는 것. 이 모든 사실을 사람들은 이상하게 생각했다. 이상할 것 하나 없는데 외눈박이만 사는 나라에서는 오히려 두눈박이가 괴물이 된다는 사실을 모르는 모양이었다. 네잎클로버만 가득 있다면 행운의 상징은 반대로 세잎클로버가 되지 않았을까.

"그냥."

입 안에서 밥알이 겉도는 느낌이다. 나는 젓가락을 내려놓고 물을 마셨다. 눈을 들자 엄마의 집요한 시선이 쏘듯이 바라보았다.

"웃기지 마. 너 그냥 아니야. 안 그냥이잖아. 안 그냥?"

엄마는 자신의 개그가 재미있다는 듯 키득거렸다. 내가 비록 엄마 얼굴을 쏙 빼닮았는지는 모르겠지만 저런 유머 감각은 닮지 않아 천만다행이다.

"엄마, 있잖아."

괜히 불러 놓고 말 안 했다가는 또 한 소리 듣겠지. 최지혜 씨 성격상 궁금한 것은 못 참으니까. 사실 궁금한 건 엄마가 아닌 나였다.

엄마의 마음속에 뭐가 들어 있는지 너무 궁금해 못 견딜 정도다. 나는 젓가락으로 밥알을 깨작거리며 엄마의 눈치를 살폈다.

"동우가⋯⋯."

"너 2학년 되어서 친해졌다는 애? 뭔가 신비롭게 생겼다는 그 애 맞지?"

언제 동우의 생김새까지 이야기했나 싶지만 어쨌든 2학년으로 올라온 후 가장 가까워진 친구는 맞다. 가끔 톡이나 전화를 하면 엄마는 누구냐 물었고 그때마다 내 입에서는 성하나 동우가 튀어나왔다. 하지만 엄마는 한 번도 동우를 본 적이 없다.

"나보고 성하 소개해 달래."

엄마가 뜨악한 얼굴로 두 눈을 부풀렸다. 내가 동우의 말을 처음 들었을 때도 저런 표정이었을까. 아마 그랬겠지?

"걔가 성하를 언제 봤어?"

"저번에. 우리 동네에 왔는데 우연히 만났어."

"우연히?"

나는 고개를 끄덕였다.

"지난주에는 짜장짬뽕집까지 찾아왔거든."

"어떻게 알고?"

엄마는 용의자를 심문하는 형사처럼 캐물었다. 사실 그렇게 캐묻고 싶은 사람은 정작 따로 있는데. 솔직히 잘 모르겠다. 엄마 입에서 어떤 말이 나올지 알 수 없으니까. 아니, 엄마의 진심이 무엇인지조차 알 수 없었다. 나는 깨작깨작 밥알을 씹으며 말을 이었다.

"나 주말 아르바이트 하는 건 전부터 알고 있었어. 그냥 지나가는 말로 가게 이야기를 했는데 워낙 머리가 좋은 녀석이라 그걸 기억했나 봐. 짜장짬뽕집 딸이 성하라고 했거든."

뭔가를 읽어 내려는 듯 엄마가 두 눈을 가늘게 떴다.

"너 그래서 아까부터 그렇게 심란한 표정이었던 거야?"

엄마의 말처럼 나는 지금 아주 몹시 대단히 되게 심란하다. 그런데 이 어지러운 마음의 정체가 정확히 무엇인지 모르겠다.

"동우가 성하 소개해 달라니까 괜히 마음이 그래?"

이 말 역시 사실이다. 과연 성하에게 동우를 소개해 줘도 되는지 어떤지 말이다. 물론 동우는 좋은 녀석이다. 공부도 잘하고 괜한 허세를 부리거나 말끝마다 욕설을 내뱉지도 않았다. 과도한 게임 중독이나 성적 호기심이 넘쳐 나는 것도 아니었다. 하지만 그건 어디까지나 내 기준일 뿐 진짜 동우에 대해선 전혀 모르고 있다. 녀석이 대략 어디에서 사는지 어떤 성격인지 사소한 습관과 입맛까지 알고 있지만, 정작 내가 알고 있는 동우가 진짜 녀석의 참모습인지는 알 수 없다.

솔직히 성하를 딱 한 번 스치듯 만난 것으로 직접 찾아올 줄은 정말 몰랐다. 더욱이 제 입으로 당당히 소개해 달라고? 물론 성하에게 어떤 매력을 느꼈는지도 모르겠지만 그렇다고 단 한 번 스친 사람에게 그렇게까지 빠져들 수 있을까? 어쩌면 나는 너무 오랫동안 성하와 남매처럼 지내 온 탓에 진짜 녀석의 매력을 모를 수도 있겠지만 말이다.

"너 맨날 성하는 남자애들보다 몇 배 더 편하고 가깝다 말했지만 막상 누가 소개해 달라니까 싫지? 너 은근 성하를 그렇고 그렇게 생각하는 거 아니야?"

엄마는 제 친구를 놀리는 단짝처럼 신나 보였다. 평소라면 그럴 리 없다며 진저리 쳤겠지만 나는 아무 대답도 하지 않았다. 솔직히 그런 이유로 망설여지는 건 절대 아니다. 엄마의 말처럼 녀석은 그 어떤 동성 친구보다 백배 천배는 편하니까. 그렇기에 더더욱 누군가를 소개해 주기가 조심스러운 것이다. 친동생 같은 녀석이라서 안 좋은 기억이라도 만들어 줄까 염려된다. 동우에게도 선뜻 알았다는 대답을 못 했다.

동우는 좋은 녀석이다. 체력적으로 조금 약해 보이긴 해도 외모는 준수한 편에 속한다. 성격도 차분하고 꼼꼼하다. 자기가 해야 할 일은 깔끔하고 야무지게 처리했다. 친구가 일하는 식당에 와서도 기어이 돈을 내고 간 녀석이다. 누구처럼 맺고 끊는 것 역시 철저했다. 매사 덜렁거리며 제 감정에 충실한 성하에게는 잘 어울릴지도 모른다. 호기심이 강한 녀석이니 분명 동우와의 만남을 찬성하겠지. 다른 누구도 아닌 내가 주선한 자리라면 재미있어서라도 오케이 할 것이다.

그런데도 나는 왜 자꾸 망설여질까? 어쩌면 가끔씩 느끼는 동우의 이해 못 할 눈빛 때문인지도 모르겠다. 때때로 녀석의 눈을 보면 뭔가 텅 비어 있는 것 같다. 아무도 없는 겨울 해변을 걷는 것처럼, 관객이 모두 돌아가 버린 불 꺼진 무대를 보는 것처럼 공허함이 느껴진다고나 할까? 이것 역시 나만의 착각인지도 모르겠지만…….

그래서 더더욱 묻지 못했다. 나는 상대가 먼저 말하기 전까지는 사소한 질문조차 자제하는 편이다. 그건 동우도 마찬가지다. 동우는 내게 가족 관계조차 묻지 않았다. 대학생 형이 한 명 있다고 말했을 뿐 너는?이란 기본적인 질문조차 하지 않았다. 외동이라고 먼저 대답해 준 건 나였다. 우리의 대화는 그쯤해서 끝났다. 성격상 둘은 비슷해 보이지만 어쩐지 나와는 전혀 다른 뭔가가 동우에게 있었다. 그것이 정확히 무엇인지는 알 수 없지만.

"야, 너희도 벌써 열여덟이다. 청춘이라고. 말해 봐. 너 성하에게……."

"최지혜 씨?"

나는 가끔 엄마를 이름으로 부른다. 엄마라는 이름보다 최지혜가 훨씬 더 어울리는 사람이니까. 엄마라는 무게에 짓눌려 있기엔 최지혜 씨는 아직 젊고 활기가 넘친다.

"만약 내가 성하에게 다른 감정이 있다면 어쩌려고요?"

평소라면 절대 내뱉지 않을 말이다. 우린 친남매보다 훨씬 가까운 사이다. 여동생이나 누나한테 야릇한 감정을 느끼는 녀석이 세상에 존재할까? 아무리 유명 연예인이라 해도 상대가 친동생 친누나라면 전혀 다른 시선으로 볼 테니까.

나는 한 번 더 최지혜 씨에게 물었다.

"내가 성하랑 사귀기라도 하면 어떡할 거야?"

엄마의 입가에 엷은 미소가 어렸다.

"드디어 우리 아들 모태 솔로 졸업이구나. 축하해 줘야지?"

"정말?"

엄마의 두 눈이 여리게 일렁였다. 그 눈빛이 화살이 되어 가슴에 날아와 박혔다. 나는 식탁에서 일어나 내 방으로 돌아섰다.

"저녁은 내가 차렸으니까. 뒷정리는 최지혜 씨가 하세요."

벌컥 열어젖힌 방문 너머는 까만 어둠에 파묻혀 있었다. 등 뒤에서 덜거덕거리는 소리가 들려왔다. 내게 필요한 건 아버지가 아니었다. 아무리 그렇다 해도 이건 정말 아니지 않은가? 엄마의 두 눈이 흔들렸던 건 내 착각이었을까? 아니라면 엄마의 진심이었을까? 안 그래도 머릿속이 엉망으로 뒤엉키는데 동우 그 자식까지 왜 사람 속을 시끄럽게 만드는지 모르겠다.

벌써 11월도 끝나간다. 정말 한 해가 얼마 남지 않았다. 성빈이 형은 신입 사원 오리엔테이션을 떠났고 성하는 여전히 제가 취업에 성공한 것처럼 들떠 있었다.

"기말 날짜 발표됐지? 2학년 마지막 기말이다. 몇몇 과도는 이번에 좀 공부해서 유종의 미라는 것 좀 느끼게 해 줘라, 엉?"

과도는 담임이 붙인 별명이다. 사각사각 반 평균을 잘도 깎아 먹는다 해서 몇몇 녀석을 과도라 불렀다. 반장을 비롯해 동우까지 우리 반에는 소위 공부로 이름 좀 날린다는 브레인들이 있다. 하지만 그 반대 되는 녀석들도 있다. 그 결과 아무리 브레인들이 만점 가까이 받는다 해도, 반타작조차 못하는 아이가 많으면 반 평균은 자연스레 깎이게 된다. 담임의 입에서 과도라는 말이 나오는 건 바로 이런 이유 때문이다.

담임이 교실을 나가기 무섭게 여기저기서 걸쭉한 욕설이 튀어 올랐다. 멍하니 창밖을 보는데 익숙한 그림자가 가까이 다가왔다. 눈을 돌린 곳에 동우가 히죽 웃고 있었다. 아침 햇살 아래 녀석의 하얀 얼굴이 창백하게 보인다. 나는 따라오라는 눈빛을 남긴 채 밖으로 나왔다. 아직 1교시를 시작하기엔 10분 정도 남아 있었다.

복도 벽에 기대서자 나릿나릿 걸어오는 동우의 모습이 보였다. 동우가 성하를 입에 올린 지 벌써 일주일이 지났지만 그동안 나는 아무 답변도 내놓지 않았다. 물론 성하에게 역시 아무 말도 하지 못했다.

'지난번에 본 내 친구가 너 소개해 달래.'

이 한마디에 녀석이 얼마나 재미있는 표정을 지을지는 안 봐도 빤했다. 그래서 침묵했는데 동우 역시 그 이야기는 꺼내지 않았다. 어쩐지 이상한 기분이 들었다. 이 녀석이 진짜 성하에게 관심이 있는 건지 없는 건지 헷갈리기 시작했다.

"너 내가 아무 말도 안 하는데 왜 안 물어봐?"

뭐? 되묻는 동우의 눈빛에 나는 팔짱을 꼈다.

"지난번에 성하 소개해 달라고 했잖아. 그 뒤로는 왜 안 물어보냐고."

녀석이 웃으며 주머니에 손을 찔러 넣었다.

"내가 마음에 안 들었겠지. 성하에게 어울리지 않는다고 생각한 거 아니야?"

"그런 건 아닌데……."

"그럼 왜?"

그 어떤 감정도 읽을 수 없는 녀석의 얼굴은 완벽에 가까운 무표정이었다. 가끔 보면 진짜 무슨 생각을 하는지 전혀 감이 잡히지 않았다. 성하 이야기를 하며 금방 사랑에 빠진 듯 두 눈을 반짝이더니 지금은 오히려 나보다 더 무심한 얼굴이다.

"너 진짜 성하가 마음에 들어?"

"그러니까 소개해 달라고 했지."

동우가 피식 헛웃음을 터트렸다.

"왜, 막상 진짜 소개해 달라니까 좀 그래?"

하여간 다들 어쩜 이렇게 판에 박힌 멘트만 날리시는지. 소개해 주길 머뭇거리면 성하에게 마음이 있어서 그런다고 생각하다니. 하긴 내가 동우 입장이라도 그런 생각이 들 것이다. 오해를 살 만하게 행동하는 건 바로 나였으니까.

나는 팔짱을 풀고 머리를 쓸어 넘겼다.

"너 걔 딱 한 번 봤잖아."

"정확히는 두 번이지."

그래, 그렇다고 해 두자.

"말 한 번 제대로 섞어 보지 않았잖아. 그냥 한눈에 뻑 간 거야?"

동우가 한 번 더 싱거운 미소를 지었다.

"너하고 꽤나 오랫동안 친구였다며. 그래서."

"야! 성하랑 내가 오랜 친구인 게 무슨 이유가 돼."

녀석이 가까이 다가와서는 손끝으로 관자놀이를 긁적였다.

"그냥 너처럼 좋은 아이 같아서. 너 웬만해서는 사람들한테 마음 안 열잖아. 그런데 그 아이는 너랑 오랫동안 알고 지냈던 것 같더라. 서로 아주 가까워 보였거든. 그냥 느낌이 좋았어. 한번 만나 보고 싶을 정도로."

동우가 가볍게 내 어깨에 묻은 먼지를 털어 주었다.

"너는 그런 사람 없어?"

"어떤?"

"처음 딱 봤는데 이상하게 눈이 가는 사람."

그 사람이 바로 성하란 말씀? 사실 잘 모르겠다. 나는 한 번도 그런 느낌의 이성을 만나 본 적이 없으니까. 금세 사랑에 빠진다는 말이 있던데 그 녀석이 동우일 줄은 전혀 몰랐다.

"뭐, 싫으면 억지로 연결해 달라는 거 아니야. 너 난처하게 만들면서까지 굳이 소개받을 생각 없어. 친한 친구라며. 함부로 소개해 주기 힘든 거 알아."

성하의 번호라도 알려 달라 재촉했다면 오히려 내가 먼저 도리질했을 것이다. 그러나 동우는 언제나처럼 차분했고 두 번 다시 그 일을 입에 올리지 않았다. 오늘 내가 물었을 때 녀석은 여전히 성하에게 호감을 갖고 있다는 사실만을 고백했다. 뭔가 기묘한 눈빛을 반짝이며 말이다.

"곧 수업 시작한다. 들어가자."

동우가 교실을 향해 걸음을 옮겼다.

"누군가를 좋아하는 게 어떤 느낌이냐?"

첫눈에 반한다거나 상대를 위해서라면 모든 것을 내던지는 사랑 따위, 영화나 드라마 속 이야긴 줄로만 알았다. 그런데 딱 한 번 본 것으로 성하에게 호감을 느끼는 동우를 보니 꼭 그렇지만은 않은 모양이다. 정말 남녀가 만나면 눈에 보이지 않는 불꽃이 파바박 튀어 오르는 걸까? 큐피드가 쏜 화살이 서로의 가슴에 명중하는 기분이 들까?

교실로 가던 동우가 천천히 뒤돌아섰다.

"누군가?"

"여자 말이야. 너 성하 보고 그런 거 느꼈어? 뭔가 가슴이 쿵 내려앉는 것 같은 느낌."

녀석의 시선이 복도 창으로 향했다. 잠시 하늘을 보던 동우가 웃으며 말했다.

"가슴이 쿵 내려앉지는 않았어. 그냥 좀 싸한 느낌이 들었던 것 같아."

"성하 처음 보고?"

"야, 종 쳤다. 빨리 들어와. 1교시 국사야. 지난번에 쪽지 시험 본 거 나눠 준다고 했잖아."

동우가 다가와 내 팔을 잡아끌었다. 성하를 보고 싸한 느낌을 받았다면 분명 좋았다는 뜻이겠지? 그래, 동우의 성격상 쉽게 그런 말을 꺼내지 않았을 것이다. 우선 기말고사부터 끝내고 생각해 보자. 지금은 동우와 성하 모두 시험 준비에 바쁠 테니까. 물론 나도 마찬가지다. 나는 걸음을 옮겨 동우의 어깨에 팔을 올렸다.

"기말 잘 보면 형이 심각하게 생각해 볼게."

"뭘?"

하! 공부는 잘하는 녀석이 눈치는 제 집 세탁기 속에 놓고 온 모양이다. 지금까지 무슨 이야기를 했는데 갑자기 뭐라니?

"성하랑 소개팅."

나는 녀석의 갈색 머리를 헝클어뜨렸다. 생각보다 머릿결이 부드러워서 놀랐다.

"성하가 싫어할 수도 있잖아."

"그 녀석은 내 친구라면 무조건 콜이야. 한 번도 누구 소개해 준

적 없거든. 아마 호기심으로라도 만난다 할걸? 동우 네가 어떤 녀석인지 궁금해서라도 말이야. 내가 성하를 아주 잘 알지."

"성하는 너를 아주 잘 알고? 부럽네, 두 사람 우정."

동우가 나를 흘낏 곁눈질하고는 툭 내뱉었다.

"아니면 사랑인가?"

말이 채 끝나기도 전에 나는 녀석의 목덜미를 휘감았다. 컥컥거리는 녀석에게 우선 커다란 알밤을 먹인 후, 팔에 조금 더 힘을 주었다.

"너를 소개해 준다는 형님에게 그게 할 소리냐, 엉?"

나는 동우의 숨통을 조인 뒤 팔에 힘을 풀었다. 작은 장난에도 좀처럼 빠져나오질 못하다니. 저리 약해서 과연 성하를 감당할 수 있을지 의심되지만 사랑에 빠지면 없던 파워도 생기는 법이니까. 괴력 같은 힘으로 초능력자가 되기도 한단다. 그것이 진정한 사랑의 힘일까?

"진짜 아팠어."

하얀 목을 어루만지며 동우가 투덜거렸다. 하지만 그것이 전부였다. 다른 녀석들처럼 사납게 달려들거나 득달같이 내 목을 낚아채려 노력하지 않았다. 제법 짓궂은 장난을 쳐도 저렇듯 힘없이 웃는 것으로 그냥 넘겼다. 수업 시간 때는 종종 서늘한 카리스마를 보여 주다가도 또 이럴 때는 마냥 순둥이 같다. 그게 동우의 매력이 아닐까 싶지만.

나는 저벅저벅 창가 자리로 걸어갔다. 녀석은 자리에 앉아 책을 꺼내 들었다. 우선 기말고사에만 집중하자. 1교시 시작을 알리는 종이 울리고 잠시 뒤 국사 선생님이 교실로 들어섰다.

시험이 코앞으로 다가왔다. 학원은 각 학교에 맞춰 시험 대비 기출문제를 뽑아 주었고 모의 테스트도 했다. 덕분에 평소보다 수업이 늦게 끝났다. 학원을 벗어나자 싸늘한 바람이 옷깃을 파고들었다. 지금쯤 지혜공방도 슬슬 문 닫을 준비로 바쁠 것이다. 엊그제 새 액세서리 부자재가 들어왔지만 아직 정리를 끝내지 못했다.

서둘러 걸음을 옮기는데 어디선가 고소한 냄새가 풍겨 왔다. 날씨가 추우니 붕어빵을 파는 트럭이 자주 눈에 띄었다. 그냥 지나칠까 하다 결국 한 봉지를 품에 안았다. 가슴까지 전해지는 따뜻한 온기로 입가에 미소가 비어져 나왔다. 오래전 엄마와 나눠 먹던 붕어빵이 떠올랐다. 그때는 크기도 크고 개수도 많았던 것 같은데. 붕어빵은 무엇보다 따끈따끈할 때 호호 불어 먹는 게 제맛이다. 반으로 쪼갰을 때 팥앙금 사이로 모락모락 피어오르는 하얀 연기, 그 속에 참을 수 없는 달콤함이 묻어 나오니까.

나는 붕어빵을 품에 안고 공방으로 뛰었다. 조금이라도 따뜻할 때 엄마에게 주고 싶었다. 지금 시간이면 공방 닫을 준비도 얼추 끝나 갈 것이다. 그러나 재바르게 복도를 걷던 두 다리가 주춤 그 자리에 멈춰 버렸다. 공방에는 엄마 혼자가 아니었다. 품에 안은 붕어빵에서 더 이상의 온기가 느껴지지 않았다. 나는 황급히 몸을 돌려 쫓기듯 계단을 내려갔다. 이럴 줄 알았으면 그냥 집으로 가는 건데. 괜히 헛수고했다.

나는 가끔 생각한다. 엄마는 왜 나를 선택했을까? 그로 인해 아주 많은 것을 잃어버리게 되었는데. 엄마는 검정고시로 고등학교를 졸업했고 대학은 엄두조차 내지 못했다. 또래가 친구들과 어울리고 이성에게 관심을 가질 시기에 엄마는 가족과의 연도 끊은 채 오직 생존을 위해 세상과 맞서 싸워야만 했다. 엄마가 내 나이였을 때는 하루하루가 전쟁의 연속이었으니까.

나는 이제라도 엄마가 편히 기댈 수 있는 상대를 만나기 바랐다. 열일곱 미혼모에게 세상은 너무 춥고 가혹했다. 단순히 생계 때문만은 아니었다. 사람들의 곱지 않은 시선과 차별적인 발언들, 미혼모를 무슨 죄인으로 생각하는 무지한 생각들. 이 모든 것으로부터 엄마는 상처받았다. 나는 두 번 다시 엄마가 상처받거나 아파하지 않기를 바랄 뿐이다. 그런데 왜 자꾸 이렇게 불안한지, 왜 말도 안 되는 일이 엄마 주위를 끊임없이 맴도는지 정말 모르겠다.

집으로 돌아오기가 무섭게 샤워부터 했다. 저녁은 간단하게 편의점 컵라면으로 때웠지만 학원 수업이 끝나자 허기가 밀려들었다. 그런데 막상 집에 도착하니 거짓말처럼 입맛이 달아나 버렸다. 수건으로 젖은 머리를 털어 내는데 도어락 소리와 함께 현관문이 열렸다.

"아들, 씻었어?"

싱긋이 웃는 엄마의 미소에도 내 표정은 굳어 갔다. 엄마의 시선이 식탁에 놓인 다 식어 빠진 붕어빵 봉지에 닿았다.

"붕어빵 사 왔어?"

주방으로 향하는 엄마에게 나는 퉁명스레 내뱉었다.

"먹지 마. 다 식어 버렸어."

엄마가 의자에 가방을 내려놓고는 싱크대에서 손을 씻었다.

"식으면 붕어빵이 동태빵이라도 되니? 식으면 또 식은 맛으로 먹지."

최지혜 씨는 기어이 식어 버린 붕어빵을 한 입 베어 물었다. 따뜻할 때 주려고 공방까지 달려갔는데, 결국에는 그냥 돌아와 버렸다. 붕어빵 따위 처음부터 사는 게 아니었다. 붕어빵을 먹던 엄마가 뭔가 이상하다는 듯 고개를 갸웃거렸다.

"사 왔으면 식기 전에 먹지 왜 여기다 내버려 둬."

"내가 먹으려고 산 거 아니야. 최지혜 씨 주려고 산 거야."

엄마가 반가운 얼굴로 짝 두 손바닥을 맞부딪쳤다. 평소에도 잘 웃는 엄마였다. 내가 무슨 말을 하면 아이처럼 두 눈을 반짝였다. 하지만 오늘따라 유독 엄마의 두 눈이 반짝반짝 빛나고 미소도 훨씬 밝아 보였다. 엄마 얼굴 아래 누군가 반사판을 들고 서 있는 것 같았다. 이런 생각이 들자 나도 모르게 속에서 뜨거운 것이 치받아 올라왔다.

"그러면서 뭘 먹지 마래."

엄마가 콧잔등을 찡긋거리더니 붕어빵을 오물거렸다.

"따뜻할 때 주려고 했어."

"괜찮아, 붕어빵은 식어도 충분히 맛……."

"그래서 공방까지 갔었어. 식기 전에 주려고."

붕어빵을 손에 쥔 채 엄마가 놀란 눈으로 나를 보았다.

"그런데 손님이 와 있더라? 공방 수업도 다 끝난 늦은 시각에."

나는 뒤돌아 벌컥 방문을 열어젖혔다. 불 꺼진 방 안은 언제나처럼 까만 어둠에 싸여 있었다. 밤늦게까지 환하게 불을 밝힌 공방에는 최지혜 씨와 또 한 명의 사람이 앉아 있었다.

'정말 성하랑 사귄다고 할까?'

공방에서 엄마와 함께 있던 사람은 다름 아닌 성하의 오빠이자 아저씨의 맏아들인 성빈이 형이었다. 그 시간에 형이 왜 지혜공방까지 찾아온 것일까? 물론 모르지 않았다. 형이 엄마를 어떻게 생각하고 있는지, 어떤 감정을 가지고 있는지 나는 누구보다 잘 알고 있었다. 하지만 왜 하필 형인지는 이해할 수 없었다. 문 밖에서 드르륵 의자 끌리는 소리가 들려왔다. 나는 불 꺼진 방 안에 앉아 까만 허공을 노려보았다.

평범함이 뭔데

형이 엄마를 개인적으로 만난 건, 아니 더 정확히 말해 지혜공방을 찾아온 건 5년 전 어느 날이었다. 형 나이 스물셋, 호주로 어학연수를 다녀온 덕분에 남들보다 입대가 늦어졌다. 공방과 중국집이 한 건물에 있는 탓에 성하네 가족과 엄마는 빠르게 가까워졌다. 가끔 나를 데리고 짜장면을 사 먹는가 하면, 성하 생일에 머리핀을 선물하기도 했다.

그 당시 홀에서 일하는 사람은 성하가 아닌 성빈이 형이었다. (형은 누구처럼 노동법을 운운하며 꼬박꼬박 시급을 따지진 않았다.) 나는 주말이면 공방에 들러 짜장면을 먹자고 졸라 댔는데, 홀에 사람이 많으면 엄마는 종종 배달을 시켰다. 그때마다 쟁반에 짜장면 두 그릇을 들고 오는 사람은 다름 아닌 성빈이 형이었다.

"두 그릇 주문하셔서 노을이 왔구나 싶었어요."

형이 환하게 웃으며 말했다. 그 당시 형은 성하 오빠이자 중국 집 아들일 뿐이었다. 엄마 역시 마찬가지였다. 공방이 알음알음 입소문을 타면서 하나둘 손님을 불러들일 때였다. 온라인 쇼핑몰에서는 꾸준히 주문이 들어왔고, 차츰차츰 수강생도 늘어나기 시작했다.

그러던 어느 날, 형이 찾아와 공방 유리문의 풍경을 울렸다. 형의 손에는 커다란 스테인리스 쟁반도, 막 김을 피워 올리는 짜장면 한 그릇도 없었다.

"며칠 뒤가 엄마 생신이라……."

형은 수중에 가진 돈이 많지 않았다. 어떤 뜻깊은 선물을 해 드릴까 고민하다 결국 지혜공방을 찾기로 했다. 손수 만든 브로치라면 어머니도 분명 기뻐하시리라 믿었다.

그날 두 사람은 공방에 마주 앉아 브로치 만들기에 집중했다. 핸드메이드 액세서리는 생각처럼 뚝딱 만들어지는 것이 아니었다. 작은 스톤을 핀셋으로 집는 것조차 힘들었다. 형은 진지한 표정으로 하나하나 스톤을 집어 가며 브로치를 만들었다. 그 모습이 너무 엄숙하고 진지해 엄마는 빙그레 미소를 지었다.

직접 만든 브로치와 목걸이는 성하 어머니에게 값진 선물이 되었다. 하지만 문제는 그때부터였다. 엄마 선물만 준비한 것에 성하가 적잖이 서운해했다. 그 모습을 본 천하의 동생 바보가 가만있었겠는가. 형은 서둘러 공방의 문을 다시 열었다. 오빠가 만든 것이 아니라면 안 된다는 어린 동생의 엄명이 스물셋 청년을 색색의 구슬이 담긴 상자 앞으로 다가앉게 만들었다.

나는 호로록호로록 면을 삼키는 성하를 바라보았다. 만약 이 녀석이 제 오빠를 조르지 않았다면, 형이 다시 공방을 찾지 않았다면, 지금쯤 두 사람의 관계는 어떻게 됐을까?

"뭘 봐? 나 예쁜 거 아니까 그만 봐. 닳아."

날씨가 추워지자 뜨끈한 국물을 찾는 손님이 많았다. 오늘은 평소보다 짬뽕 주문이 두 배 가까이 됐다. 한차례 폭풍이 지나가자 아저씨는 담배를 피운다며 밖으로 나갔다. 어제 과음한 탓인지 영 입맛이 없어 보였다. 해장 음식으로 짬뽕만 한 것이 없다는데 그것도 다 남이 끓여 줘야 하는 모양이다.

나와 성하는 각자 짬뽕 한 그릇을 앞에 두고 늦은 점심을 먹었다.

"엊그제 엄마 공방에서 봤어."

"뭘?"

"성빈이 형."

성하는 묵묵히 면발을 빨아 올렸다. 오빠 일이라면 자다가도 벌떡 일어나는 녀석이 왜 저리 태평할까. 강 건너 불구경도 유분수지.

처음부터 엄마와 성빈이 형 사이에 미묘한 기류가 오간 것은 아니었다. 처음은 형 혼자만의 감정이었다. 그때만 해도 나는 전혀 믿지 않았다. 지금의 성하만큼 어쩌면 그 이상으로 대수롭지 않게 생각했다.

"우리 오빠…… 아무래도 너희 엄마 좋아하는 것 같아."

잔뜩 굳은 성하를 보며 나는 배를 잡고 낄낄거렸다. 말도 안 되는 소리였다. 성빈이 형은 엄마보다 여섯 살이나 어렸다. 동생과 동갑인 남자애를 아들로 둔 상대를 좋아하다니. 형은 생긴 것도 훈훈했고 키도 컸다. 매해 밸런타인데이가 돌아오면 성하의 몸무게가 3킬로그램씩 찐다고 했다. 형이 받아 오는 초콜릿을 모두 먹어 버리니까. 더욱이 엄마가 다른 누구도 아닌 아들 친구의 오빠를 이성으로 보겠느냔 말이다. 그래서 대수롭지 않게 웃어넘겼다. 말이 좀 되는 소리를 하라며 가볍게 성하의 머리를 헝클어뜨렸다. 하지만 더 이상 웃어넘길 수만은 없게 됐다.

"야, 너는 무슨 할 말 없어? 다른 사람도 아닌 네가 끔찍하게 좋아하는 오빠 일이잖아."

나도 모르게 버럭 소리를 내질렀다. 성하에게 이런다고 해결될 일도 아닌데. 괜스레 짜증이 밀려들었다. 이 녀석도 기를 쓰고 막아야 하는 것 아닌가? 지금 두 사람의 관계가 말이 되느냐며 제 오빠를 몰아세워야 하는 것 아니냔 말이다.

성하가 젓가락을 내려놓고는 나를 보았다. 평소 개구쟁이 같은 녀석이 이럴 때 보면 괜히 사람 주눅 들게 할 정도로 눈빛이 날카롭게 변한다.

"최노을. 너 지금까지 다 거짓말이었냐?"

"뭐가."

"너 아빠 필요 없다며. 그저 너희 엄마 위해 주는 사람이 나타나면 좋겠다고 했잖아."

그래, 입버릇처럼 말해 왔다. 성하에게만은 모든 진심을 털어놓았다. 엄마가 더 나이 들기 전에 사랑이라는 것을 해 봤으면 좋겠다고, 엄마 곁에도 누군가가 나타나길 바란다고 말이다. 비록 그렇다 한들 이건 말도 안 되는 소리잖아. 여섯 살 차이는 넘어가자. 하지만 동생 친구의 엄마이지 않은가. 어쩌면 잠깐의 호기심인지도 몰랐다.

난 아버지를 원하는 게 아니었다. 그러나 그 상대가 성빈이 형이라니? 차라리 내가 성하와 그렇고 그런 관계가 되는 것이 백배 아니, 천배 더 현실성이 있겠다.

"그렇다고 어떻게 성빈이 형……. 엄마랑 형이 얼마나 갈 것 같아? 결혼이라도 한대? 말이 안 되잖아. 결국 마지막에 상처받는 건 우리 엄마가 될 게 빤하다고."

"그건 모르지."

"성빈이 형 지금 오기 부리는 거야. 절대 사랑 아니라고."

"무려 5년이야."

5년? 하! 시간 한번 참 빨리 간다. 그렇다. 벌써 5년이나 지났다. 퉁퉁 불어 터진 면발처럼 내 안에서도 뭔가가 잔뜩 부풀어 오르기 시작했다. 그것이 원망인지 짜증인지 아니면 분노인지조차 모르겠다. 그 감정이 누구를 향해 있는지도 알 수 없었다. 미련할 정도로 엄마만 바라보는 성빈이 형? 조금씩 형에게 마음을 여는 엄마? 알 수 없는 감정이 점점 더 부풀어 올라 그냥 몽땅 다 터져 버렸으면 좋겠다.

5년 전, 곧 서른을 바라보는 엄마에게 스물셋의 형은 사랑을 말했다. 그러나 최지혜란 여자에게 성빈이 형은 아들 친구의 오빠이자 단골 중국집의 맏아들일 뿐이었다. 절대 그 이상도 이하도 될 수 없었다. 누군가의 마음을 받아 주기엔 엄마의 하루하루는 너무 바쁘고 치열했다. 공방 수업과 온라인 쇼핑몰 관리까지. 눈코 뜰 새 없이 바빴다.

한번은 아르바이트생을 채용한 적이 있었는데, 꼼꼼한 엄마와 달리 아르바이트생이 만든 제품에서 불량이 발생했고 왕왕 고객들에게 컴플레인이 들어왔다. 결국 엄마는 초심으로 돌아가 모든 것을 혼자 감당했다. 하루 24시간이 빠듯한 엄마에게 여섯 살이나 어린 남자의 순정이란 단순한 호기심으로 여겨졌을 것이다.

"정 그러면 군대 다녀와요."

엄마의 말이 떨어지기 무섭게 형은 입대했다. 엄마는 오히려 다행이라 여겼다. 'Out of sight, Out of mind'라고 하지 않는가. 눈에서 멀어지면 마음에서도 멀어질 테니까. 그러나 엄마의 예상은 보기 좋게 빗나갔다. 형은 그 후에도 한결같은 마음을 보였으니까. 제대 후 복학하기 전에 형이 하는 일이라고는 공방에 들러 액세서리를 만드는 것뿐이었다. 브로치를 만들 때면 형은 손에 쥔 것들에만 온 정신을 집중했다. 형은 지혜공방에서 뭔가를 만들 때가 유일하게 엄마를 잊을 수 있는 시간이라 말했다. 그 한마디가 엄마의 마음속 호수에 어떤 파장을 일으켰는지는 주인 이외에 그 누구도 알 수 없었다.

"학교생활에 충실해요. 우선 졸업부터 하는 게 어때요?"

엄마가 형에게 준 두 번째 미션이었다. 학교생활에 충실하라는 건 또래와 어울리란 뜻이었다. 10대 아들을 둔 여자가 아닌 풋풋한 또래 친구들과 시간을 가지라는 소리였다. 엄마 말을 듣고 형은 학교생활에 충실했다. 아니, 충실만 했다. 얼마나 충실했는지 형은 강의실과 독서실 이외에는 그 흔한 종강 모임 한 번 간 적이 없었다. 덕분에 그 어렵다는 성적 장학금을 탔고 좋은 학점으로 졸업할 수 있었다.

"솔직히 나도 처음 오빠 마음 눈치채고는 많이 당황했어. 무슨 뜻인지 알지?"

물론 알고 있다. 세상에서 가장 사랑하는 오빠가 다른 누구도 아닌 친구 엄마를 사랑한다면 나 같아도 당황할 것이다. 그러고 보니 이 녀석과는 참 묘한 인연이자 악연이 아닐 수 없다. 누구보다 가깝지만 한 꺼풀 들여다보면 엉뚱한 관계로 뒤엉켜 있으니 말이다.

"나도 저러다 말겠지 싶었어. 오며 가며 자주 만나서 그러겠거니 했지. 너희 엄마도 우리 가게 단골손님이니까. 그런데 다시 생각해 보니……."

성하가 잠시 생각에 잠기더니 말을 이었다.

"우리 오빠 야무지고 똑똑하지만 고집도 되게 센 편이야. 남의 말 안 듣기로 유명해. 오빠 친구들이 다들 군대 빨리 다녀오는 게 좋다고 했지만 오빠는 자신만의 계획이 있다고 했어. 그런데 너희 엄마 한마디에 바로 입대하는 거 보고 진짜 놀랐어. 자신의 일에 남이 이래라저래라 참견하는 거 정말 싫어하거든. 그 대상이 부모라 할지라도 말이야."

성하는 누구보다 성빈이 형을 잘 알고 있었다. 녀석은 아마 오빠의 마음이 단순한 열병이 아니라는 걸 말하고 싶은 거겠지? 사실 나도 알고 있다. 형의 마음이 호기심이 아니라는 것을. 그랬다면 엄마의 한마디에 그렇게 미친 듯이 공부에 매달리지도 않았을 것이다.

"그렇다고 두 사람의 관계를 순순히 인정하자는 거야?"

나는 지금의 형을 말하는 것이 아니다. 미래의 형을 말하고 싶었다. 매몰차게 도리질 쳤던 엄마가 서서히 마음의 문을 열기 시작했다. 내가 두려운 것은 바로 이것이다. 엄마가 형에게 모든 마음을 열어 버릴까 봐. 성하가 누구보다 제 오빠를 잘 안다면, 엄마를 가장 잘 아는 사람은 바로 나였다. 엄마는 세상의 냉대와 차별을 온몸으로 견뎌 낸 사람이다. 지금까지 내게 단 한 번도 생물학적 아버지를 입에 올리지 않았던 건 그만큼 큰 상처를 받았다는 뜻이다.

엄마의 마음은 전장을 누비는 장수와도 같았다. 세상에 베이고 찔리고 뜯긴 상처가 온몸에 문신처럼 새겨져 있었다. 차라리 몸에 난 상처는 아물 수 있겠지만 마음속 상처는 시간이 지날수록 점점 더 안으로 곪아 들어간다. 엄마는 누구에게도 쉽게 마음을 열지 않았다. 엄마가 장난처럼 "내 스타일이 아니야" 하고 말했던 것은 사실 외모가 아닌 마음이었다. 더 이상 상처받고 싶지 않다는 방어기제가 엄마의 마음속에서는 오래전부터 작동되고 있었다. 이 때문에 나는 형이 원망스러웠다. 엄마가 밀어내면 밀어낼수록 다가오는 그 우직함에 화가 치밀어 올랐다.

"왜 두 사람 일에 우리의 인정이 필요해?"

"야, 박성하!"

"두 사람 모두 성인이야."

나는 자리에서 몸을 일으켰다. 성하가 까만 눈으로 나를 올려다보았다.

"너는 오빠지만…… 나는 우리 엄마 일이야."

백번 양보해 성빈이 형의 마음이 진심이라 하자. 그러나 그 진심이 과연 언제까지 지속될까? 그건 당사자인 형도 장담할 수 없을 것이다. 떠올리기조차 싫지만 나의 생물학적 아버지 역시 처음에는 진심을 보였겠지. 하지만 그 끝은 너무 가혹했다. 고작해야 열일곱밖에 되지 않은 어린 소녀의 인생을 송두리째 뒤흔들어 놓았으니까. 엄마에게 필요한 건 형의 진심이 아니었다. 엄마의 삶에 좋은 동반자가 되어 줄 약속이었다.

서른도 안 된, 이제 사회 초년생인 형이 엄마의 삶에 보폭을 맞춘다고? 처음 몇 번은 맞춰 줄 수 있을 것이다. 그러나 형은 결국 자신의 스피드로 걸어갈 것이고 머지않아 엄마에게 등을 보일 것이다.

"네가 아무리 아들이라 해도."

주방으로 돌아서는데 성하가 소리쳤다. 나는 녀석을 향해 몸을 돌려세웠다.

"네 엄마 일에 이래라저래라 할 수 없어."

"하지만 상황이……."

"아무리 엄마라도 아들인 네 일에 이래라저래라 할 수 없는 것처럼 말이야."

성하가 일어나 테이블을 치웠다. 아저씨는 아직도 돌아오지 않았다. 성빈이 형과 엄마의 관계를 알고 있는 사람은 나와 성하가 유일했다. 녀석이 아니었다면 나는 두 사람을 그렇고 그런 관계로 보지 못했을 것이다. 엄마는 지난 5년간, 단 한 번도 형에게 곁을 주지 않았으니까.

형에게 엄마는 한 나라의 왕이었다. 공주를 원하는 기사에게 수많은 도전 과제를 주는 왕. 그리고 그 젊은 기사는 모든 과제를 끝마친 후 돌아와 결혼 승낙을 받아 내려 했다.

형은 지난 1년간 오직 취업에만 매달렸다. 취업에 성공하기까지 단 한 번도 공방을 찾지 않았다. 가끔 나와 점심을 먹던 가게조차 들르지 않았다. 성하의 말로는 잠자는 시간 이외에는 도서관이나 스터디 모임, 모의 면접 학원을 다녔다고 했다. 사상 최악의 취업난에 이제 면접조차 트레이닝 시켜 주는 학원이 생겼구나 싶었지만 내심 기대하지 않았다. 형의 능력을 못 믿어서가 아니었다. 경제가 너무 어려웠다. 이제 고용 불안이니 최악의 취업률 같은 말들은 초등학교 고학년만 되어도 익숙해지는 경제 용어니까.

취업 준비에 바쁘다 보면 엄마도 자연히 잊게 되리라 믿었다. 사랑이란 감정도 생계가 해결된 다음에 따라올 테니까. 당장에 먹을 빵이 없는 사람에게 사랑의 세레나데는 윙윙거리는 파리 소리만큼이나 무가치한 것이다. 그러나 문제는 형이 그 뚫기 어렵다는 취업문까지 보기 좋게 박살 내 버렸다는 것이다. 그것도 대기업 정규직으로 말이다. 그 결과가 오히려 나를 불안하게 만들었다.

만에 하나 뒤늦게 엄마의 마음이 열린다면 이번에 돌아설 사람은 오히려 형이 될지도 몰랐다. 원래 사람 심리라는 것이 그렇다. 쇼윈도 너머의 것은 완벽하지만 막상 그것이 내 손에 들어오면 시들해지는 경우가 다반사다.

형을 바라보는 엄마의 눈빛이 조금씩 빛나기 시작했다. 그것은 이미 마음의 문이 열렸다는 증거였다. 그래, 5년이란 절대 짧은 시간이라 말할 수 없다.

나는 주방에서 밀린 설거지를 했다. 아저씨는 지금쯤 해장국이라도 드시고 계실까? 자신의 아들이 누구를 마음에 두고 있는지도 모른 채? 아줌마는 또 어떨까? 성빈이 형이라면 세상 뿌듯한 얼굴이 되는데. 더욱이 그 힘들다는 대기업 취업도 턱턱 이뤄 냈는데. 그런 장남이 서른넷의 미혼모를 사랑한다면 퍽이나 반가워하시겠다.

성하가 음식물 쓰레기통에 짬뽕을 버렸다. 다 먹은 후에 해도 됐을 텐데 너무 불편한 이야기를 꺼냈다. 괜히 저 녀석 입맛도 떨어지게 했구나. 문득 미안한 생각이 앞섰다.

"아저씨나 아줌마는 모르고 계시지?"

그릇을 닦으며 툭 한마디 내뱉었다.

"아직은."

성하가 싱크대에 빈 그릇을 내려놓았다. 이 사실을 알았다면 아저씨가 웍을 다룰 때와는 비교도 할 수 없는 잡음이 일어났을 것이다. 양쪽 집안 모두 화려한 불꽃이 사방으로 튀었겠지.

"최노을. 너는 우리 오빠가 그렇게 싫어?"

성빈이 형이 싫은 게 아니었다. 누구보다 다정다감한 성격이라는 건 잘 알고 있다. 성하에게 하는 것만 봐도 충분히 알 수 있다. 아무리 터울 지는 남매지만 정말 성하라면 끔찍하게 생각했다.

중학교 3학년 때였다. 성하가 심하게 넘어져 무릎이 까진 적이 있었다. 녀석의 무릎은 지금도 그때의 상처가 흐릿하게 남아 있다. 하필 넘어진 곳이 단단한 아스팔트였다. 두 무릎이 깨진 채로 절뚝거리며 집에 갔는데 마침 거실에 있던 성빈이 형이 깜짝 놀라 한걸음에 달려왔다. 성하는 대수롭지 않은 표정으로 다쳤다고 말했다. 약상자를 가지고 온 형이 상처를 소독하고는 조심히 약을 발라 주었다. 여기까지는 흔한 남매 사이에도 얼마든지 가능한 일이다. 그런데 형은 성하의 무릎에 연고를 발라 주며 뚝뚝 눈물을 흘렸다는 것이다.

"오빠, 왜 그래?"

당황한 성하가 묻자 형이 쓱 눈가를 훔쳤다.

"얼마나 아프고 쓰렸을까? 생각하니 나도 모르게."

그 이야기를 듣는데 나 역시 뜨악한 얼굴이 됐다. 다 큰 동생이 무릎 좀 심하게 까졌기로서니 오빠가 눈물까지 흘리다니. 좀 과할 정도로 동생 바보구나 싶었다. 하지만 그것이 처음은 아니었다. 형은 성하가 아플 때도 다쳤을 때도 성적이 안 나와 혼자 고민할 때도 자신의 일인 양 아파하며 안타까워했다. 형이 좋은 사람이라는 거 나 역시 모르지 않았다. 하지만 어디까지나 성하의 오빠, 즉 동생 바보로서 하는 말이다.

"누가 형이 싫다고 했어? 그냥 우리 엄마 상대로는 아니란 뜻이지."

성하가 삐딱하게 한쪽 다리에 힘을 주었다.

"은근 기분 나쁘다? 너희 엄마 상대로 아니라니? 우리 오빠가 뭐가 부족한데?"

"부족하다는 뜻이 아니잖아. 자꾸 너까지 왜 이래?"

성하라도 적극적으로 제 오빠를 말려 주기를 바랐다. 그런데 오히려 재미있다는 식으로 방관만 하다니. 혹여 관계가 틀어져도 성빈이 형이 다칠 일은 없단 뜻일까? 그런 생각이 들자 여유 만만한 녀석의 표정이 더더욱 얄미웠다. 나는 거칠게 물을 튀기며 설거지를 했다.

"최노을. 너 너무 날 세우는 거 아니야?"

"나는 그냥……."

"그냥 뭐?"

"엄마가 좀 평범한 사람을 만나기를 바라는 것뿐이야."

"네가 생각하는 평범한 사람이 누군데? 아니, 평범함이 대체 뭔데?"

평범함이 뭐냐 묻는다면 한마디로 정의할 수 없다. 하지만 누가 봐도 이상하지 않을 그런 관계가 평범한 것 아닐까? 엄마와 비슷한 나이도 상관없다. 엄마보다 조금 인생 경험이 많은 사람도 괜찮다. 누구보다 엄마의 아픔을 잘 이해해 줄 사람이라면, 엄마와 나란히 보폭을 맞춰 줄 따뜻한 마음의 소유자라면 더할 나위 없겠다. 남들이 봤을 때 괜히 수군거리지 않을 상대라면, 이상한 눈빛으로 보지 않을 사람이라면 좋겠다. 두 사람의 교제에 누군가 딱히 반대를 하거나 색안경을 끼고 보지 않길 바랄 뿐이다. 여섯 살

연하에 아들과 동갑인 여동생을 두고 있는 사람은 적어도 내 기준에서는 절대 평범하다 말할 수 없다.

엄마가 나를 아들이라 소개했을 때, 아버지는 처음부터 없다 말했을 때, 사람들은 모두 당혹감을 숨기지 못했다. 어릴 적부터 그랬다. "부모님이 늦둥이 나셨구나?" 묻는 사람들에게 엄마는 또랑또랑한 목소리로 말했다.

"동생이 아니라 아들인데요. 제가 낳은 아들이요."

그럴 때마다 사람들은 엄마와 나를 한 번 더 훑어 내렸다. 나는 엄마가 그런 시선들에서 자유로운 삶이 되기를 바랄 뿐이다. 설마 이런 내 마음을 욕심이라 생각지는 않겠지?

"나는 네가 말하는 평범함이 뭔지 잘 모르겠지만, 사실 요즘 같은 시대에 평범하게 사는 것 자체가 되게 어렵지 않냐?"

사실 나도 평범함이 정확히 뭔지, 무엇이 보통인지 잘 모른다. 엄마와 나는 지금까지 그런 통계와는 거리가 먼 삶을 살아왔으니까. 비록 그렇다 한들, 아니 어쩌면 그렇기에 더더욱…….

그 순간 유리문이 열리며 아저씨가 안으로 들어섰다. 이쑤시개를 물고 있는 것을 보니 해장국집에 다녀오신 모양이었다. 점심장사가 끝나면 사람들은 으레 주방장이 가게 비운다는 것을 알고 있었다. 덕분에 늦은 점심을 먹을 때만큼은 손님의 발길이 끊겼다.

"대충 정리 끝났으면 노을이 빨리 집에 가. 곧 있으면 기말이라며. 가서 공부해야지."

아저씨가 앞치마를 두르는데 성하가 얄밉게 고리눈을 떴다.

"아빠 딸도 기말이야. 시험 기간도 같아. 와! 딸 시험 걱정은 안 하고 노을이 시험은 걱정되는 모양이야. 세상에나, 누가 팔이 안으로만 굽는다고 했어."

불퉁거리는 딸에게 아저씨가 은근한 미소를 지으며 말했다.

"그럼 너도 가. 지금 집에 누구 와 있는 줄 알면 가라고 등 떠밀어도 싫다 할걸?"

"누군데?"

"누구긴 누구야. 오지랖 넓은 너희 막내 고모지. 네 엄마 올 때까지 기다린단다."

"고모가 무슨 일로?"

아저씨가 주방 모자를 쓰며 쯧쯧 혀를 찼다.

"네 오빠 때문에."

형 이야기가 나오자 두 사람 모두 표정을 굳혔다. 성하가 흘낏 내 눈치를 살폈다. 나는 천천히 그릇을 닦기 시작했다. 애써 태연한 척하려 해도 온몸의 감각이 귀로 모이는 듯했다. 내가 동물이었다면 분명 귀가 쫑긋거렸을 것이다.

"뭐…… 진성이 오빠 때문인가 보지. 오빠도 내년에 졸업한다며. 그냥 어떻게 취업 준비했나, 그거 물어보러 왔나 보다. 아빠, 저기 아까 밀가루 주문하라고 했잖아……."

"그러게 말이다. 고것은 제 아들 취업 걱정이나 하지. 뭔 남의 아들 혼사까지 신경 쓰는지, 오지랖도 그런 오지랖이 없어. 성빈이 출근한 지 며칠이나 됐다고. 친구 딸이 초등학교 선생이라고 했나? 아주 야무지고 생활력도 강하다면서⋯⋯."

"아빠!"

성하가 빽 소리쳤다. 아저씨가 놀라 두 눈을 부풀렸다. 하지만 이미 늦어 버렸다. 아저씨의 입에서는 더 듣지 않아도 알 수 있는 핵심 정보들이 모조리 튀어나왔으니까.

"저것이 어디 아빠한테 소리를 질러."

"미, 밀가루 몇 포대 주문하라는 말 안 했잖아."

성하가 나를 흘낏거리며 더듬더듬 말을 이었다.

"뭘 몇 포대야. 주문 한두 번 넣어?"

설거지는 얼추 다 마무리되었다. 나는 앞치마에 손을 닦고 돌아섰다.

"오늘은 그만 들어가 보겠습니다."

꾸벅 고개를 숙이자 아저씨가 기분 좋게 웃었다.

"올라오다 보니 공방에 손님이 꽤 많더라. 참 부지런도 하시지. 좀처럼 쉬는 것을 못 봤어. 노을이 너도 엄마 생각해서 열심히 해라. 네가 어디 보통 아들이냐."

네, 맞습니다. 절대 평범한 아들이 아니라서 아드님과의 교제를 필사적으로 막으려는 겁니다. 그러니 아저씨도 제발 아드님께 정신 좀 차리라고 말해 주세요. 그 야무지고 생활력 강한 선생님 같은 사람이나 만나라 하시라고요. 안 그래도 상처투성이인 우리 엄마 더 이상 아프게 하지 말고.

금방이라도 튀어나올 말들을 빨래 개듯 착착 접어 혀 밑으로 구겨 넣었다. 내가 과연 이곳에서 아르바이트를 하는 것이 맞나 싶었다. 하늘에서 돈벼락이라도 떨어졌으면 좋겠다. 엄마 데리고 어디 먼 곳으로 떠날 수 있게 말이다.

가게를 나서는데 뒤따라 나온 성하가 팔을 붙잡았다. 녀석이 하고 싶은 말이 뭔지 알 것 같아 나는 고개조차 돌리지 않았다.

"오해하지 마. 우리 고모가 워낙 오지랖이라 오빠랑은 절대 상관없는 거야."

"박성하."

나는 몸을 돌려 녀석을 향해 싱긋이 웃었다.

"너 기말 끝나면 소개팅할래?"

뭐? 되묻는 표정으로 성하가 두 눈을 끔뻑였다. 이 상황에서 갑자기 소개팅이라니. 자다가 남의 다리를 긁다 못해 꼬집는 것도 아니고. 하지만 이렇게라도 녀석의 입을 막고 싶었다. 오해를 말라고? 내가 왜 형을 오해해야 되는데. 이건 오해가 아니라 지극히 현실적인 것이다. 성하가 말한 평범함 그 자체란 말이다. 그러니 더 이상의 말들은 신경 거슬리는 잡음에 불과했다.

"누군지는 나중에 말해 줄게."

성하의 손을 털어 내고는 계단으로 내려갔다. 굳이 지혜공방에

가 볼 필요는 없을 것 같다. 아저씨 말마따나 나도 엄마를 위해 열심히 해야 할 테니까. 내가 할 수 있는 모든 수단과 방법을 동원해서라도 정말이지 최선을 다할 것이다.

괜찮다 해 줘

내 이름은 노을이다. 어감이나 느낌상 여자 같다는 말을 수없이 들었다. 한번은 엄마에게 물었다. 왜 하고많은 이름 중에 '노을'로 지었느냐고 말이다.

"병원에서 네 심장 소리를 듣고 돌아오는데 그날따라 하늘에 노을이 너무 예쁜 거야. '하늘이 저토록 예쁜 색깔로 물들 수 있구나' 하고 마치 노을을 처음 본 사람처럼 신기한 기분이 들었어. 한참을 멍하니 서서 하늘만 올려다봤지. 그 순간 문득 그런 생각이 들지 뭐야. 너에게도 저 아름다운 노을을 보여 주고 싶다는 마음. 그 뒤로 네 태명은 노을이 됐는데 하도 노을아, 노을아 부르다 보니 그냥 태어나서도 다른 이름이 떠오르지 않는 거 있지."

오색으로 빛나는 하늘을 배 속의 생명에게도 보여 주고 싶다.

그것이 열일곱 소녀를 하루아침에 엄마란 이름으로 살아가게 만들었다. 아름다운 노을을 아기에게도 꼭 보여 주겠다는 일념이 무너져 내린 소녀의 가슴을 단단하게 만들었다.

노을은 엄마에게 새로운 삶이자 생명을 의미했다. 태양이 다시 뜬다는 약속과도 같았다. 엄마는 자신의 삶에 찾아온 새 생명을 순순히 받아들이기로 했다. 엄마의 이야기를 들은 후 나는 노을이란 이름이 너무 값지게 생각되었다. 비단 찬란한 빛 때문만은 아니었다. 훨씬 눈부신 것들이 가슴속에 뜨겁게 퍼져 나갔다. 사랑과 헌신, 삶을 단단히 움켜잡은 강한 힘 같은 것들 말이다.

하지만 지금까지도 전혀 이해되지 않는다. 그 희생을 왜 오롯이 한 사람의 책임으로만 돌려야 하는지. 화가 치밀어 오르다 못해 헛웃음이 튀어나왔다. 아무렇게나 쓰러져 잠든 엄마를 볼 때마다 가슴이 욱신거렸다. 최지혜 씨 혼자 그 어려운 시간을 견뎌 냈다고 생각하니 마음이 쓰렸다. 이제야 비로소 잔잔한 삶을 살 수 있게 되었고 편안해졌다 말할 수 있는데, 또다시 누군가 엄마의 삶을 뒤흔들어 놓으려 했다. 정말 모르겠다. 과연 내가 이 상황에서 어떻게 해야 하는지. 길 가는 사람 아무나 붙잡고 물어보고 싶을 지경이었다.

엄마는 형에 관해 단 한마디도 하지 않았다. 나 역시 꼬치꼬치 캐묻지 않았다. 시험 준비에 바빴지만 엄마 입에서 어떤 말이 쏟아져 나올지 신경이 곤두섰다. 입을 열지 않는 건 성하도 마찬가지였다. 우선 시험에나 집중하자는 말로 제 오빠의 그 어떤 정보도 내어 주지 않았다. 그렇게 시간이 흘러 기말고사가 다가왔고 이틀 후면 모두 끝난다.

"잘 봤어?"

자리로 다가온 동우가 물었다. 이번 시험은 나름 괜찮게 봤다. 머릿속이 복잡할수록 그것들을 차단시켜 줄 무언가를 찾기 마련이니까. 그 역할이 공부가 되었던 건 정말 행운이었다.

"그럭저럭."

올! 싶은 녀석의 표정에 나는 쓴웃음을 지었다.

"그래 봤자 누구 쫓아가겠냐? 간신히 반 평균 안 깎아 먹을 정도야."

"겸손도 지나치면 허세가 되는 거야."

동우가 툭 내 어깨를 쳤다. 나는 자리에서 일어나 가방을 정리했다. 급식도 없고 학원도 가지 않는다. 남은 시험은 세 개뿐이다. 소위 말하는 빡센 과목들은 모두 끝났다. 이제 남은 것이라고는 정리해 둔 노트만 봐도 점수가 나올 암기과목뿐이다. 물론 단 1점에 희비가 엇갈리는 최상위권 녀석들이야 마지막까지 긴장하겠지만 나는 이미 팽팽했던 정신 줄을 놓아 버렸다.

"같이 점심 먹을래? 내가 쏠게."

녀석이 뒤돌아 나를 보았다. 난처해하는 것 같진 않았다. 하지만 어떤 생각을 하는지는 알 수 없었다. 동우는 가끔 감정을 읽을 수 없는 기묘한 표정을 짓는데 그럴 때마다 괜스레 멋쩍은 기분이 들었다. 괜한 말을 한 것일까? 입가에 어색한 웃음이 비어져 나왔다.

"그래, 아직 시험도 다 안 끝났는데 공부해야지. 점심은 다음에 시험 다……."

"뭐 먹을까? 갑자기 배고프다."

동우가 웃으며 뒤돌아섰다. 알다가도 모를 녀석이다. 좀처럼 제 이야기를 꺼내지 않으니까. 하지만 이미 성하에게 소개팅을 말해 버렸다. 물론 괜한 소리가 듣기 싫어서 충동적으로 내뱉었지만 한편으로는 두 사람이 썩 잘 어울릴 것도 같았다. 내가 남자애들보다 성하를 더 편해하듯 동우 역시 속마음을 터놓고 지낼 좋은 친구가 될지도 몰랐다. 좀 과하게 덤벙거리고 때론 까칠하긴 해도 성하는 상대를 편안하게 해 주는 따뜻한 마음의 소유자니까.

"그래, 먹자. 다 먹고 살자고 하는 일인데 말이야."

나는 동우의 어깨에 팔을 휘감았다. 흠칫 놀라는 것을 보니 또 생각에 잠긴 모양이다. 녀석은 습관처럼 혼자 깊은 생각에 빠지곤 했다. 내가 슬쩍 어깨만 건드려도 흠칫 놀라 부르르 몸을 떨었다. 뭐가 그리 고민할 것이 많은지 모를 일이다.

"너는 맨날 뭐가 그리 심각하냐?"

"심각하기는 무슨, 시험 생각하고 있었어. 그런데 우리 처음 아닌가?"

동우가 멋쩍은 웃음을 지었다.

"너랑은 밖에서 먹은 적 거의 없잖아. 그날 중국집 빼고. 너 뭐 좋아해?"

학교 끝나기 무섭게 학원에 가야 하는 건 동우도 마찬가지다. 나는 주말 아르바이트 때문에 다른 녀석들과도 쉽게 만날 수 없었다. 동우가 가게까지 찾아오지 않았다면 둘이서 짜장면을 먹는 일은 없었을 것이다. 물론 그 이유가 짜장면이 아닌 전혀 의외의 상대에게 있었다는 사실을 알게 되었지만 말이다.

"솔직히 말해, 인마."

녀석이 얼굴에 물음표를 그려 넣었다.

"내가 뭘 좋아하는지 알고 싶은 게 아니라 성하가 뭘 좋아하는지 묻고 싶은 게 아니야?"

"눈치 한번 지인짜 빠르다."

진짜를 길게 내뱉으며 녀석이 키득거렸다. 나는 동우와 나란히 학교를 벗어났다.

학교 앞 식당들은 이미 교복 입은 학생으로 북새통을 이뤘다. 다들 얌전히 집에 돌아가 간단히 끼니를 해결한 후, 책상에 앉아 진득하니 공부할 마음은 없는 듯 보였다. 몇 군데 차례로 식당을 지나치다 패스트푸드점으로 걸음을 옮겼다.

자신이 먹을 것은 제 돈으로 내겠다는 동우를 나는 반강제로 의자에 주저앉혔다. 단 십 원 하나도 신세 지기 싫어하는 성격을 보니, 아저씨가 왜 그리 나에게 징그럽다 말했는지 알 것 같았다. 동우 저 자식도 적잖이 징글징글한 성격이다. 나는 무인 주문기로 다가가 세트 메뉴 두 개와 너겟을 클릭했다. 직원들이 플레이 버튼을 누른 로봇처럼 분주하게 움직이고 있었다. 나는 뒤돌아 유리 벽 너머에 시선을 둔 동우를 바라보았다.

"와! 또 세상 다 살았지?"

녀석을 보니 저절로 탄식이 튀어나왔다. 교실에서 창밖을 바라보거나, 스탠드에 앉아 운동장을 굽어볼 때, 복도를 걷다 하늘을 올려다볼 때 동우는 공허한 눈빛이 됐다. 열여덟이 아닌 여든여덟의 할아버지 같다고 해야 할까? 좋게 말하면 인생을 달관한 것 같지만 한편으론 세상 고민 혼자 다 짊어진 모습이었다. 시험 운운했던 걸 보면 이번 결과가 썩 마음에 들지 않은 모양이다. 몇몇 사람은 그까짓 시험이라 말하지만 학생에게 시험은 때론 삶의 전부가 될 수도 있다. 그렇게 따지면 우리 눈에는 어른들의 심각한 모든 것이 다 그까짓 것밖에 되지 않는다. 그까짓 승진, 그까짓 연봉, 그까짓 내 집 장만 그리고 그까짓 사랑까지…….

"327번 손님, 주문하신 불고기더블버거와 치즈버거 세트 그리고 너겟 나왔습니다. 지금 이벤트 기간이라 불고기더블버거 세트를 주문하신 분들에 한해 켈리그린 배지를 증정하는데요. 랜덤 증정이라 멤버를 직접 고르실 수는 없습니다."

나는 트레이에 담긴 익숙한 얼굴의 배지를 내려다보았다. 창가 자리로 돌아가자 동우가 힘없이 웃었다.

"무슨 생각 했냐?"

나는 콜라 한 모금을 쭉 들이켰다.

"아무 생각도."

동우가 감자튀김을 우물거렸다. 학기 초 동우는 대부분 혼자 있었다. 어쩌다 보니 함께 어울렸지만 녀석은 가끔 혼자가 더 편한 듯 보였다.

"어? 이거 켈리그린 자야다."

녀석이 반색하며 배지를 집어 들었다. 아이돌에 흥미 없는 줄 알았는데 자야를 보며 눈까지 반짝거리다니. 아무래도 내가 동우를 단단히 오해한 모양이다. 그 순간 문득 한 가지 생각이 머릿속을 스쳐 지났다.

"자야 좋아해?"

동우가 어색한 미소로 콧잔등을 찡긋거렸다.

"네가 왜 단번에 성하 소개해 달라고 했는지 알겠다."

엄마의 말처럼 유명 아이돌 멤버와 성하 사이에 묘한 공통점이 느껴졌다. 어쩌면 동우는 성하의 그런 모습에 반한 게 아닐까. 뭐야, 이 자식 말로는 좋은 사람 같다 어쩐다 했지만 결국 외모 때문이야? 하긴 두 사람 제대로 된 인사조차 하지 않았지?

나는 햄버거를 한 입 물고는 콜라를 마셨다.

"참! 요즘도 가끔 가냐?"

"어디를?"

"우리 동네에 있다며? 네가 자주 가는 카페."

"시험 기간이라 끝나면 한번 가 보려고."

"아무튼 특이해. 단골 카페도 있고. 솔직히 남자애들 카페 같은 데 잘 안 가잖아. 그럴 돈이면 PC방이나 분식집에서 라면을 사 먹지 않나?"

동우의 손이 주춤 멈췄다. 녀석이 기묘한 시선으로 나를 보았다.

"왜, 남자가 카페 같은 곳 가면 이상해? 요즘엔 카페 가면 남자들 많이 보이잖아."

물론 이상할 것 전혀 없다. 남녀 상관없이 모두 카페에서 담소를 나누니까. 하지만 남고생들이 우르르 카페에 몰려가는 건 여전히 어색한 광경이다. 더욱이 집에서 한참 떨어진 카페를 단골로 다닌다? 커피에 얼마나 조예가 깊은지는 모르겠지만 남고생과 카페? 어쩐지 생크림케이크에 김치를 곁들여 먹는 것만큼 이질적인 느낌이다.

물론 그런 특이 식성을 가진 사람이 있을 수는 있겠지. 그러니 맛있는 커피 한 잔을 위해 멀리에서부터 찾아오는 남학생도 있지 않겠는가.

"너 커피 마니아야? 브라질이니 에티오피아니 원두 종류 따지고 그 뭐지, 크레마 같은 것도 꼼꼼하게 확인하는 거야?"

나야 커피라면 집에 있는 믹스커피가 전부라 생각하니까 편의점에서 원 플러스 원으로 파는 커피만 한 것도 없다. 원두니 크레

마니 나와는 전혀 상관없는 사항일 뿐이다.

"나도 그런 거 전혀 몰라. 사실 커피를 딱히 좋아하는 것도 아니야."

동우의 한마디에 입으로 들어갔던 콜라가 코로 나올 뻔했다. 커피 한 잔을 위해서라면 먼 카페도 마다하지 않는 마니아인 줄 알았는데 향이나 풍미는 고사하고 커피 자체를 좋아하지 않는다고? 그런데 왜 굳이 우리 동네까지 찾아오는 거지?

"말했잖아. 그냥 그 카페 주인이랑 어쩌다 보니 좀 친해졌어."

"어떻게?"

"주인이 내가 가입한 인터넷카페 회원이더라."

"무슨 카펜데?"

동우가 대답 대신 크게 햄버거를 베어 물었다. 절대 음식을 게걸스럽게 먹는 성격이 아닌데, 정말 시험이라도 망쳤나? 녀석답지 않게 갑자기 햄버거에 화풀이를 다 하고 말이다.

"콜라도 마셔 가며 먹어. 체하겠다."

콜라를 건네자 녀석이 고개를 끄덕였다.

"너는 평범함이 뭐라 생각해?"

무심코 꺼낸 한마디에 동우가 풋 콜라를 내뿜었다. 어째 너무 급하게 먹는다 싶었다. 콜록거리는 녀석에게 나는 티슈를 건넸다. 한참이나 기침하는 것을 보니 사례가 걸려도 단단히 걸린 모양이다.

"괜찮아? 그러게 평소답지 않게 왜 그리 급하게 먹어?"

동우가 절레절레 손사래 쳤다. 급하게 먹은 값을 톡톡히 치렀으니 그 이야긴 그만하자는 뜻이다. 평범함을 말했는데 녀석은 전혀 평범하지 않은 방법으로 콜라를 마셨다. 얼마나 심하게 기침을 했는지 두 눈마저 빨갛게 충혈되어 있었다. 콜라 한번 잘못 마셨다가는 저승사자와 팔짱 끼고 살랑살랑 뱃놀이라도 떠날 판이다.

"그런 너는 평범함이 뭐라 생각해?"

똑같은 질문이 다시 날아들었다. 머릿속에 봉긋이 엄마와 형의 모습이 떠올랐다. 여섯 살 연상 연하. 그래, 요즘 시대에 얼마든지 가능하다. 사실 남자가 그 정도 연상인 경우는 너무 많지 않은가? 띠동갑은 기본이고 그 이상의 차이도 비일비재하니까. 엄마가 형보다 여섯 살이나 연상인 것은 크게 문제 삼지 않는다. 그런데 엄마에겐 엄연히 내가 있고 형에게는 성하가 있다. 주변 그 누구도 두 사람의 교제에 찬성할 리 없다. 아무리 허허하는 아저씨라도 장남이 딸과 동갑인 아들을 둔 미혼모를 사랑한다면 결사 반대할 테지. 내가 우려하는 건 이 모든 과정 속에서 엄마가 받게 될 상처와 이런저런 말들이다.

"너무 광범위한 질문이었다. 그럼 평범한 사랑은 뭐라 생각해?"

여전히 목이 아픈지 동우가 입술을 깨물었다. 다시 생각해 보니 이 질문 또한 어폐가 있다. 평범한 사랑이란 뭘까? 사랑에 과연 평범함이 존재할 수 있을까?

"사랑은 오히려 특별함 아니야?"

동우가 콜라를 내려다보며 중얼거렸다.

"특별함?"

"어떤 사랑이든 그 사랑을 하는 두 사람은 특별하다고 생각하겠지? 설령 그것이……"

그것이, 뭐? 묻는 눈빛으로 동우와 시선을 맞추었다.

"다른 사람에게 지지받을 수 없는 사랑이라 해도 말이야. 아니, 오히려 그렇기에 더더욱 간절한 게 아닐까? 로미오와 줄리엣처럼."

속마음을 들킨 것 같아 가슴속에서 쿵 소리가 들려왔다. 과연 엄마와 형도 그럴까? 쉽게 이루어질 수 없기에 서로가 애틋하고 더욱 간절한 걸까? 물론 그럴 수도 있겠다. 사람 심리라는 것이 하지 마라 하면 더 하고 싶고, 멍석을 깔아 주면 오히려 주춤하게 되니까. 뭐야, 상황이 이러하니 엄마와 형을 격하게 응원이라도 하라는 거야?

"왜, 그런 상대라도 있어?"

반대에 부딪히기는커녕 변변한 이성 친구 한 번 사귄 적이 없다. 성하? 그 녀석이야 친구보다 남매에 가깝다. 안타깝게도 나는 아직 누군가를 마음에 담는 생각만으로 말랑거리는 경험은 한 번도 해 본 적이 없다.

있겠냐? 싶은 표정으로 나는 애꿎은 햄버거를 씹어 삼켰다.

"그런데 갑자기 그런 건 왜 물어?"

아무리 동우와 가까워졌다 한들 우리 엄마가 다른 누구도 아닌 성하 오빠와 교제한다는 사실을 어떻게 말할 수 있을까. 물론 정확히 사귄다고는 할 수 없지만 엄마에게 미묘한 변화가 일어난 건 사실이다. 달뜬 눈빛만으로도 알 수 있다. 두 사람이 전과는 비교도 할 수 없을 정도로 가까워졌음을 말이다.

"우리 오빠 요즘 휘파람 자주 불어. 엄마는 그게 다 취업 때문이라 생각해. 근데 신입 사원이 신날 일이 뭐가 있겠어. 온종일 눈치 보고 깨지는 게 일과일 텐데."

성빈이 형을 휘파람 불게 한 대상이 회사인지, 아니면 전혀 다른 곳에 있는지는 알 수 없지만 성하가 심상치 않음을 느꼈다면 분명 사실일 것이다. 눈치 하나는 기가 막히게 빠르니까. 어찌 되었든 동우 저 녀석은 나와 엄마가 열여섯 살밖에 차이 나지 않는다는 것조차 모른다. 그러니 이 이상은 별로 말하고 싶지 않았다. 굳이 감출 필요는 없지만 괜히 내 입으로 말할 필요도 없으니까.

"그런 너는 혹시 경험 있냐?"

분위기를 바꿔 보려 물었다.

"시험 끝나면 소개팅이나 잘 부탁해."

동우가 배시시 웃었다. 그래, 고작해야 제 친구에게 소개팅이나 운운하는 녀석인데 금단의 사랑을 경험했을 리가 없겠지. 유명 걸그룹을 좋아하고, 비슷한 이미지의 여학생을 소개해 달라는 지극히 평범한 열여덟 소년에게 뭘 더 바랄까?

"성하에게 너무 환상 갖지 마라. 눈에 보이는 게 전부가 아니다."

"알아. 눈에 보이는 게 전부는 아니지."

밖으로 나오자 차가운 바람이 나무 우듬지를 간질였다. 기말고사가 끝나면 곧 겨울방학이 시작될 것이다. 고3과 동시에 대입 준비에 정신없겠지. 어쩌면 사한을 떠나게 될지도 몰랐다. 이 작은 도시에는 대학이라고 부를 만한 것이 없으니까. 아이들의 목표는 성빈이 형이 졸업한 국립대지만 그만큼 경쟁률이 만만치 않다. 더욱이 주변 도시까지 스쿨버스 시스템이 잘되어 있어 집에서도 충분히 통학 가능하다. 하지만 그건 어디까지나 내가 그 학교에 합격한 후 이야기고, 다른 곳으로 진학할 경우 거의 100퍼센트 자취나 기숙사를 신청해야 할 것이다. 만약 그렇게 된다면 나는 태어나 처음으로 엄마와 떨어져 지내게 된다.

"혹시 남에게 상처 주는 관계만 아니라면……."

가까이 다가온 동우가 힘없이 말끝을 흐렸다.

"상처?"

녀석은 어떻게 설명할지 모르겠다는 듯 난감한 표정을 지었다.

"혹시 도덕적인 문제?"

"도덕적?"

이번에 되물은 건 동우였다.

"불륜 말이야. 미성년자를 좋아하거나, 일방적으로 스토킹을 하거나. 아니지? 이건 도덕이 문제가 아니라 그냥 범죄 행위다."

"그래, 그런 것만 아니라면……."

"……."

"괜찮다고 한마디 해 줘. 누구보다 당사자가 제일 힘들 테니까. 누군가에게 상처를 주는 사랑이 아니라면 세상에 나쁜 사랑은 없어."

녀석이 말을 멈추고 길게 한숨을 내쉬었다.

"아픈 사랑은 있겠지만."

우리는 한동안 서로를 마주 보았다. 늘 보던 모습인데 처음 보는 사람처럼 왠지 동우가 낯설었다. 손만 뻗으면 닿을 수 있는 거리지만 한순간 너무 멀게만 느껴졌다. 사랑을 말하는 목소리와 거리를 바라보는 눈빛, 감정을 읽을 수 없는 표정까지. 이 모든 것이 오늘따라 생경하게 다가왔다. 나도 모르게 꿀꺽 마른침이 넘어갔다.

"오늘 덕분에 잘 먹었어. 그만 갈게. 내일 학교에서 보자."

동우가 내 어깨를 다독이고는 몸을 돌려세웠다. 인파 속으로 사라지는 뒷모습을 나는 오랫동안 지켜보았다. 애써 감춰 두었던 비밀을 들킨 것 같기도, 내가 건드리면 안 되는 녀석의 무언가를 건드린 느낌도 들었다. 한동안 그 자리에 못 박혀 있던 나는 동우와는 정반대 방향으로 돌아섰다. 그래, 세상에는 평범한 사랑이란 존재할 수 없다. 남에게 상처를 주지 않는 한 나쁜 사랑도 없을 것이다.

'아픈 사랑은 있겠지만.'

엄마와 형은 정말 아픈 사랑일까? 절대 순탄치만은 않을 것이다. 두 사람 모두 크게 후회할 수도, 서로에게 좋지 않은 기억만 남기게 될지도 모를 테니까.

만약 내가 다른 도시로 가 버리면 그때는 형이 엄마와 함께할 수 있을까? 늦은 밤까지 공방에 남아 있는 엄마를 위해 뒷정리를 도와주고 무거운 물건을 옮겨 주며, 혹여 엄마가 아플 때 약이라도 사다 주려나. 입이 짧은 엄마를 위해 이런저런 요리를 해 줄까? 눈앞에 두 사람이 마주 앉아 이야기를 나누던 장면이 떠올랐다.

두 사람이 그토록 평화로운 시간을 보내도록 주위 사람들이 얌전히 지켜보지만은 않을 것이다. 최악의 상황에는 나와 성하의 관계까지 어그러질지도 몰랐다. 물론 우리는 로미오와 줄리엣 같은 사이는 아니지만 너 앞으로 쟤랑은 놀지 마, 같은 초등학교 때도 들어 본 적 없는 말을 뒤늦게 들어야 할지도 모를 일이다.

생각해 보니 어디 평범하지 않은 게 사랑뿐일까 싶다. 솔직히 보통이나 평균이라고 딱 꼬집어 말할 수 있는 삶도 없지 않을까. 인생이 무슨 동일한 모습으로 우뚝 선 아파트도 아니고. 아니지, 요즘 아파트는 겉만 똑같을 뿐 내부는 천차만별이잖아. 아파트도 이러할진대 하물며 사람들의 삶에 무슨 평균을 따질까.

하지만 이 모든 생각은 결국 그럴싸한 이상에 불과했다. 당장 담임만 봐도 1등급 녀석들에게 더 많은 관심을 기울이지 않는가. 평균에 들지 못하는 아이들은 크게 주목하지 않았다. 기준을 달리해서 보면 전혀 새로운 등급이 만들어질 텐데. 성적으로는 평균에 미치지 못하지만 그것은 단지 시험 점수에만 초점을 맞췄기 때문이다. 반 평균을 깎아 먹는 과도라. 솔직히 과도로는 수박조차 자르기 힘들다. 나무나 강철은 상상도 할 수 없단 말이다. 고작 과일이나 깎을 수밖에 없는 칼을 아이들에 비유하는 건 명백한 언어폭력이다.

다른 쪽으로 평균을 웃도는 녀석이 참 많다. 남을 웃기는 재주가 있거나 운동신경이 발달한 아이들, 그림에 소질을 보이거나 춤에 남다른 재능이 있는 아이들까지 정말 다양하다. 그들에게 기준과 평균은 절대 성적이 될 수 없다. 혹시 또 모를 일이다. 녀석들은 과도가 아닌 거목을 자르는 무쇠 도끼나 강철 검인지도.

그런 의미에서 나도 엄마와 형의 사랑을 특별하거나 불안한 시선으로 볼 필요는 없을 것이다. 그러나 이 역시 지극히 아름다운 환상에 불과하다. 두 사람을 바라보는 내 머릿속은 온통 빨간불이 웽웽 울려 대니까.

나는 거칠게 뒷머리를 긁적였다. 엄마와 형의 사랑만큼이나 이상과 현실의 낙차가 과히 나이아가라 폭포 수준이다. 나는 걸음을 멈추고 동우가 사라진 쪽을 바라보며 중얼거렸다.

"그 상대가 엄마라면 그렇게 쉽게 괜찮다는 말이 나오지 않는다. 알았냐?"

생각해 보니 내 인생 역시 평범함과는 오래전에 작별했다. 아들 연애에 마음고생하는 엄마는 드라마를 통해 수도 없이 봐 왔다. 하지만 정작 엄마의 연애를 걱정하는 아들은 과연 몇이나 될까. 내 이름을 노을로 지은 건 혹여 내 인생 역시 절대 한 색깔일 수 없단 뜻일까? 생각할수록 저절로 헛웃음이 새어 나왔다. 길에서 혼자 키득키득하는 고등학생이 절대 평범해 보이지 않겠지. 뭐, 미친놈으로 보이면 어때? 진짜 머릿속이 미치기 일보 직전인데. 나는 몸을 돌려 집을 향해 터벅터벅 걸음을 옮겼다.

드디어 모든 시험이 끝났다. 이것으로 2학년도 과거에 파묻히게 되었다. 시험이 끝나기 무섭게 아이들이 저마다 앓는 소리를 냈다. 늘 그렇듯 몇몇 녀석은 답 맞추기에 정신없었다. 이미 제출한 답안지인데 몇 개 틀렸는지 뭐 그리 궁금할까. 어쨌든 홀가분한 기분이다.

엄마와는 평소처럼 대화했고 특별한 말이 오고 가진 않았다. 시험 기간이다 보니 최대한 내 신경을 건드리지 않으려 노력하는 것 같았다. 엄마가 식탁에서 하는 말이라고는 새로운 디자인의 머리핀과 온라인 판매량이 소폭 상승했다는 이야기뿐이었다. 성하에게도 딱히 별다른 연락이 없었다. 이번에 시험을 잘 보면 휴대폰을 바꿔 주기로 아저씨와 약속이 되어 있다고 했다. 노트북은 아무래도 형에게 선물받을 모양인가 보다.

멀뚱히 창밖을 보는데 교실 한쪽이 수런거렸다. 고개를 돌리자 몇몇 덩치가 동우를 둥글게 에워쌌다. 정말 끈질긴 자식들이다. 나는 자리에서 일어나 동우에게 다가갔다.

"야! 니들도 그만해라. 말해 주고 싶지 않다잖아. 동우가 고른 게 다 정답이냐? 정 궁금하면 직접 쌤 찾아가. 이제 시험도 끝났으니 교무실 출입 가능하잖아."

평소엔 말도 걸지 않던 자식들이 시험만 끝나면 동우에게 몰려들었다. 그럴 때마다 동우는 고집스레 침묵했다. 어떤 답을 골랐는지 밝힐 필요도 없고, 자신이 고른 게 100퍼센트 정답일 리도 없단 뜻이다. 물론 동우는 공부를 잘했다. 녀석의 선택이 답일 확률이 높았다. 하지만 굳이 이를 공유할 의무는 없는데 몇몇은 끈질기게 동우를 괴롭혔다.

"얼굴은 밀가루 뒤집어쓴 것처럼 생겨 가지고. 꼴에 공부 좀 한다 이거냐? 됐다, 새끼야."

동우의 머리로 날아오는 손을 재빨리 낚아챘다. 학기 초, 자기 덩치의 반도 안 되는 동우를 참 야무지게도 밟아 대던 놈이었다. 어릴 적부터 엄마를 도와 곧잘 무거운 것들을 들었다. 덕분에 악력은 누구에게도 쉽게 지지 않았다. 손목을 비틀자 녀석이 아픈 듯 미간을 일그러뜨렸다. 생각보다 강한 악력에 당황한 것 같았다.

"너희 집엔 거울도 없냐? 네 꼴이나 보고 말해. 함부로 애들 머리 치고 다니지 마라. 그러다 진짜 손목 아작 나는 수가 있으니까."

자신보다 약해 보이는 아이에게만 눈을 치뜨는 한심한 족속들이다. 거칠게 손목을 쳐 내자 안 그래도 놈의 붉은 얼굴이 목까지 빨갛게 달아올랐다.

"누군 좋겠네. 위기 때마다 나타나는 기사님도 계시고. 둘이 예쁜 사랑 나눠라. 더러워서."

쳇, 소리를 남긴 채 한 무리의 아이들이 뒤돌아섰다. 하여간 말도 안 되는 꼬투리는 개처럼 잘도 물고 늘어졌다.

"저 새끼들 말 신경 쓰지 마."

어깨에 손을 올리자 동우가 흠칫 몸을 떨었다. 태연한 척해도 많이 당황했을 것이다. 왜 안 그러겠는가. 자신을 무지막지하게 짓밟던 녀석들이 또 까맣게 에워쌌는데. 진짜 이번 시험에 올인한 자식들이라면 또 모르겠다. 시험 기간 내내 PC방과 게임 이야기만 주구장창 하던 녀석들이었다. 안 봐도 빤했다. 괜히 만만해 보이는 상대에게 화풀이나 하려던 거겠지.

동우가 자리에서 일어나 몸을 돌려세웠다. 핏기를 잃은 창백한 표정을 보니 괜스레 안쓰러운 마음이 앞섰다.

"앞으로는 일일이 나 신경 쓰지 않아도 돼."

단지 작고 나약하다는 이유로 덩치들에게 휘둘리는 모습이 안타까웠을 뿐이다. 아마 동우는 나까지 저 자식들의 표적이 되지 않을까 걱정하는 모양인데 이 몸이 누구시냐, 천하의 최지혜 씨 아들 아니냔 말이다. 무서울 것 하나 없다. 세상 풍진에 맞서 당당히 싸운 최지혜 씨였다. 그런 엄마의 아들이 고작 덩치 몇 명에게 기가 죽을까?

"걱정 마."

"너 괜히 나 때문에……."

"그럼 친군데 얌전히 보고만 있냐? 너는 내가 당하면 가만있을 거야?"

동우가 황급히 고개를 내저었다.

"아니, 절대…… 절대 가만있지 않을 거야."

나는 녀석의 머리를 흩트렸다.

"그래, 친구잖아."

이제 골치 아픈 시험도 다 끝났다. 그런데 어째 머리가 지끈거리는 일들이 눈앞에 산적해 있었다. 주머니 속에서 부르르 진동이 느껴졌다. 누군지는 굳이 꺼내 보지 않아도 알 것 같았다. 낮이 부쩍 짧아진 겨울이다. 한 해가 얼마 남지 않았다. 하늘에 노을이 번지는 시간은 점점 더 짧아지고 검은 밤이 창문 밖으로 바투 찾아들 것이다.

고속도로 위

"아무래도 그 대학은 힘들 것 같아."

성하가 땅이 꺼져라 무거운 한숨을 내쉬었다. 그 이유가 매운 떡볶이 때문인지 아니면 제 오빠의 후배가 될 수 없기 때문인지 알 수 없었다. 시험 끝나기 무섭게 전화해 대던 녀석은 당이 떨어졌다며 도넛 가게로 끌고 가서는 보기만 해도 단 도넛을 내리 다섯 개나 흡입했다. 그럼에도 기분이 풀리지 않는다며 내 껑충한 몸을 비좁은 코인 노래방에 처박아 넣고 지나가는 행인도 흘깃거릴 정도로 핏대를 세워 노래를 불렀다. 그렇게 한참을 혼자서 제 감정에 취해 댄스, 힙합, 발라드, 트로트까지 다양한 장르를 연거푸 부르더니 그제야 지친 기색을 보였다.

하지만 그것이 끝이 아니었다. 녀석이 반강제로 나를 앞장세운

곳은 일단 입에 넣기만 하면 다음 날 변기와 혼연일체가 된다는 매운 떡볶이 전문점이었다.

"사장님, 여기 가장 매운 '죽음의 불' 맛이요."

시험을 망친 건 정말 안타까운 일이다. 하지만 그 화풀이 대상이 왜 내가 되어야 하는지는 전혀 알 수 없었다. 하긴 이런 일이 어디 하루 이틀일까? 몇 번을 반복하다 보니 이제 시험 끝나고 울리는 진동음에 자연스레 내 심장도 함께 떨렸다. 이 자식이 오늘은 또 어디로 나를 이리저리 끌고 다닐까 싶은 두려움이 밀려드니까.

"어때 최노을? 너도 시험 내내 긴장했던 것 좀 풀려?"

성하가 떡볶이를 오물거리며 물었다.

"오히려 나는 너 만날 때가 더 긴장돼."

떡볶이 하나로 불에 댄 듯 입 안이 뜨겁다. 물론 이 알싸한 맛에 먹는 거지만. 한겨울에도 콧잔등에 송골송골 땀 맺히게 하는 얼얼한 맛에 중독돼서.

"웃기시네. 내가 널 몰라? 또 시험 일찍 끝났다고 얌전히 집에 가서 밀린 집안일이나 잔뜩 하겠지. 시험 끝난 날만큼은 오늘이 세상 마지막이다 생각하고 좀 놀아라."

어느 정도는 눈치채고 있었다. 성하가 왜 제 친구도 아닌 나를 불러냈는지. 녀석의 말은 사실이다. 시험이 끝나면 나는 습관처럼 집안일을 시작했다. 언제부터인가 엄마가 해 놓은 집안일이 썩 마음에 들지 않았다. 인터넷 쇼핑몰 관리에 공예 수업과 DIY 제품

구상까지 도맡는 엄마에게 집안일을 기대하는 건 무리였다. 그 결과, 하나둘 내가 하는 버릇이 들어서인지 이제는 직접 하지 않으면 성에 차지 않는다. 엄마가 청소한 욕실은 보이지 않는 곳에 물때가 그냥 남아 있고 부엌은 가스레인지 주변 기름때로 번들거리기 일쑤였다. 캔과 병은 따로 분리해서 버리라고 그렇게 잔소리해도 늘 섞여 있었다.

성하만 아니었다면 벌써 몇 번은 집 안을 뒤집어 놓았을 것이다. 그러고는 슬슬 저녁 준비를 위해 마트로 향했겠지. 시험 기간 내내 먹은 것이라고는 엄마가 만든 카레와 인스턴트 3분 덮밥 요리가 전부였다. 그나마 내 건강을 생각해 밍밍한 카레라도 손수 만들었지, 안 그랬다면 우리 집은 온통 컵라면과 삼각김밥 껍질만이 가득했을 것이다.

솔직히 집안일을 하는 게 크게 어렵다는 생각은 들지 않는다. 엄마 말처럼 우리는 한 팀이니까. 각자 할 수 있는 일은 기분 좋게 해내는 것이 서로를 위해서 좋을 것이다. 엄마가 손끝이 다 헤지도록 일한 대가로 나에게 고가의 패딩을 선물하듯, 그럼에도 세상 즐거운 미소를 내비치듯, 내 작은 수고로 엄마가 조금이라도 편해질 수 있다면 그것으로 됐다. 한배를 탄 사람들만의 끈끈한 팀워크라 말할 수 있겠다.

"그래, 고마워서 눈물이 다 나려 한다."

이 모든 것이 시험 스트레스를 빙자한 성하의 배려임을 모르지

않았다. 적어도 오늘만큼은 번거로운 일 다 잊고 마음껏 놀아 보자
는 뜻이다. 노래방과 매운 떡볶이까지 원한다면 얼마든지 다른 친
구들이랑도 함께할 수 있을 텐데. 대책 없는 철부지 같아 보여도
성하 이 녀석 마음 씀씀이 하나만은 아저씨를 닮아 넉넉하고 푸근
하다.

"최노을, 너 그거 진짜야?"

곁들여 주문한 튀김을 먹는데 성하가 물었다. "뭐가?" 되묻자 녀
석이 입술을 비죽였다.

"너 지난번에 나 소개팅해 준다며?"

관심 없는 척하더니 은근 호기심이 발동한 모양이다. 하긴 그
이야기 끝나고 바로 기말고사 준비에 들어갔으니 지금까지 제대
로 말할 기회조차 없었다.

"그냥 한 소리였구나? 하긴 나 말고는 친한 친구도 없는 주제에
네가 퍽이나."

성하가 숟가락으로 떡볶이를 떠서는 한입에 넣었다. 양 볼이 잔
뜩 부풀어 오른 것이 꼭 욕심 많은 다람쥐 같다. 초등학교 6학년
때 전학 온 후부터 지금까지 나는 늘 성하와 어울려 다녔다. 덕분
에 녀석은 내 특별한 가족사를 제일 먼저 알게 되었고, 한 건물에
공방과 중국집이 있어 자주 만나게 되었다. 나를 처음 만났을 때
부터 살뜰히 챙겨 주었다. 아이들이 뭐라 하든, 뭐라 놀리고 수군
거리든, 전혀 상관하지 않았다.

나는 딱히 낯을 가리는 편은 아니었지만 두루두루 어울려 노는 성격도 아닌 탓에 친한 친구라 부를 만한 녀석이 없었다. 무엇보다 학교가 끝나기 무섭게 학원으로, 학원이 끝나면 곧장 집으로 향했으니까. 밀린 빨래를 하고 청소를 끝낸 뒤 저녁을 준비하는 생활은 내게 익숙한 일과였다. 이 때문에 내 사정을 잘 알고 있는 친구라고는 성하가 유일했고, 주말 아르바이트를 시작한 후로는 하루 종일 붙어 다녔다. 성하는 내게 가장 친한 친구이자 속마음을 다 터놓을 수 있는 대나무 숲이었다.

고등학교 진학 후에도 내 생활은 크게 변하지 않았다. 성하를 제외하면 지금까지 친하게 지낸 녀석은 동우밖에 없다. 나에게 어떤 질문도 하지 않는 녀석이, 자신에 관해 아무 말도 하지 않는 그 썰렁한 자식이 나는 점점 더 가깝게 느껴졌다. 성하를 소개해 줘도 될 만큼 괜찮은 녀석이란 생각이 들었으니까.

"친구가 없어서 알바하는 곳까지 친히 찾아오는 놈이 있냐?"

성하가 꼴깍 떡볶이를 삼키고는 설마 싶은 표정으로 두 눈을 부풀렸다.

"뭐야? 그때 걔 말하는 거야? 우리 가게까지 찾아온 그 얼굴 하얀 애?"

기억력 하나는 진짜 비상하다. 뭐, 정확히는 두 번째 만남이니까 성하 정도면 충분히 기억하고도 남겠지. 더욱이 동우가 한번 보면 금방 잊어버릴 만한 스타일도 아니지 않은가.

"왜 갑자기 걔를 소개해 준다는 거야?"

좋아하는 걸 그룹을 닮아서겠지만 솔직히 의외이긴 했다. 동우의 성격상 누구를 소개해 달라 말할 녀석은 절대 아니다. 친구들과 쉽게 마음을 터놓지 못하는 나는 그 녀석 역시 비슷한 종족이라 믿었다. 그랬던 동우가 길에서 잠깐 본 성하를 마음에 두었다니. 직접 가게까지 찾아올 만큼 성하에게 완전히 빠졌단 뜻인데 성하의 밝은 에너지 때문에? 단순히 그런 이유만은 아닌 것도 같고. 뭐가 어찌 되었든 한 가지만은 확실했다. 동우는 누군가에게 상처를 주거나 아프게 하지 않을 것이다. 더욱이 공부도 잘했다. 또 모르지 않는가. 성하가 제 오빠의 대학 후배가 될 수 있게 도와줄지도 말이다.

"응, 너한테 한눈에 뻑 간 모양이야. 그랬으니 우리 동네에서 한 번 본 것 가지고 바로 가게까지 찾아왔겠지. 동우가 직접 그러더라. 너 좀 소개해 달래."

성하가 빈 포크를 입에 물고는 곰곰이 생각에 잠겼다. 당장이라도 이 죽일 놈의 인기, 숨길 수 없는 치명적인 매력 같은 말들을 터트려야 하는데, 어쩐 일로 잘 풀리지 않는 수학 문제를 보듯 잔뜩 미간을 일그러뜨렸다.

"정말 걔가 그랬어? 나 소개해 달라고?"

"응, 그래서 새삼 느꼈지. 세상에는 참 다양하고 독특한 취향을 가진 놈들이 존재하는구나."

어쩐 일로 조용하다. 이 상황에서 저 특유의 날카로운 눈빛을 번뜩일 일이 뭐가 있을까?

"그럼 그날 우리 가게 찾아온 것도?"

나는 손끝으로 톡톡 성하의 미간을 건드렸다.

"이 대단하신 몸을 다시 한번 알현하고자 친히 납시었단다."

생각보다 너무 뚱한 반응이다. 내 친구라면 호기심으로라도 덥석 달려들 줄 알았는데, 동우의 첫인상이 썩 좋지 않았나? 가게까지 찾아온 것에 거부감이 드나? 하긴 내가 아무리 성하랑 친한 사이라 해도 어쨌든 녀석은 여자고 나는 남자다. 아무래도 내가 성하를 너무 단순하게 생각한 모양이다.

"자칫 외모가 차가워 보여도 성격 괜찮아. 공부도 잘하고. 왜, 관심 없어?"

성하가 또록또록 까만 눈동자를 움직였다. 잠시 생각에 잠긴 녀석이 떡볶이 국물에 폭 튀김을 찍었다.

"그 동우라는 애, 너 말고도 친구 많아?"

오징어튀김이 바삭, 소리와 함께 성하의 입 안에서 부서졌다.

"그냥 나랑 비슷해."

"완전 아웃사이더네."

"그 정도는 아니야."

"언제부터 친했는데?"

"2학년 올라와서."

"어떻게?"

동우가 덩치들에게 짓밟힌 이야기는 차마 할 수 없었다. 그런데 이 녀석은 소개팅을 하겠다는 거야, 말겠다는 거야? 무슨 용의자 심문하듯이 꼬치꼬치 캐묻느냔 말이다. 이러다가는 그 녀석 가족 관계증명서라도 떼어 와야 할 판이다.

"됐어. 싫으면 그만둬. 뭘 이상한 것까지 묻고 난리야. 내가 동우랑 어떻게 가까워졌는지 일일이 보고해야 해? 성격 괜찮고 괜한 허세도 없고 또 그 정도면 어디 가서 빠지는 외모는 아니잖아. 좀 약해 보이긴 해도. 대신 네가 엄청나게 강하잖아."

나는 벌컥벌컥 물을 들이켰다. 괜스레 배 속이 부글거렸다. 튀김을 다 먹은 후 성하가 야무지게 입을 닦았다. 녀석은 나와 달리 사람들을 좋아했다. 꼭 남자 친구가 아니더라도 내가 소개하는 상대라면 흥미를 보일 거라 믿었다. 남고에 입학했을 때부터 학교에 괜찮은 아이들 리스트를 뽑아 대령하라는 말도 안 되는 소리를 정말 진지하게 내뱉었으니까. 그런데 막상 괜찮은 녀석이라 어필을 해도 영 떨떠름한 얼굴이다. 어쩐지 내가 퇴짜라도 맞은 것처럼 기분이 썩 좋지 않았다.

"아니, 걔 처음 봤을 때……."

성하가 말을 멈추고는 아니라며 히죽 웃었다.

"좋아, 날짜는 언제?"

결국 오케이 할 거면서 왜 이렇게 뜸 들이는데. 막상 둘이 만난다고 하니 기분이 묘했다. 내가 너무 잘 알고 있어 탈인 녀석과 정작 아는 것 하나 없는 녀석의 만남이라니. 뜨거운 물과 차가운 물을 섞는 기분이랄까? 다른 온도가 섞여 알맞은 따뜻함이 될지, 그저 그런 미적지근함이 될지는 우선 만나 보면 알 것이다.

"내가 동우한테 네 번호 줄게. 요즘은 두 사람이 알아서 잡는 거야."

"동우 SNS 하는 거 있어?"

그러고 보니 한 번도 SNS 이야기를 한 적이 없었다. 나는 그 흔한 계정 하나 가지고 있지 않다. 남의 사생활에는 전혀 관심 없고 내 생활 역시 공개할 생각이 조금도 없다. 남이 뭘 먹고 어딜 갔으며 무슨 책을 읽었는지 구경할 시간이 아깝다. 차라리 그 시간에 집안일을 하는 게 낫지.

"나도 몰라. 물어본 적 없어. 인터넷카페 활동은 하는 것 같던데 네가 직접 물어봐."

"야, 너희 둘 친한 것 맞아?"

SNS를 팔로우하고 서로의 일상을 공유하는 것이 진정한 친구일까? 나는 성하의 SNS를 모른다. 그럼에도 우리 둘의 관계는 예나 지금이나 똑같다. 변한 것이라고는 녀석의 성격이 점점 더 과격해진다는 것뿐이다. 나는 성하의 고민이 뭔지, 갖고 싶은 것과 먹고 싶은 것은 뭔지, 친구들과 무슨 영화를 봤는지 실시간 생중계로 듣는다. 주말이면 몇 시간씩 가게에 붙어 있는데 아마 SNS를 자주 하는 친구들보다 내가 몇 배 더 자세히 성하를 알지 싶다. 적어도 SNS에 오늘 아침은 3일 만에 쾌변을 봤다, 같은 말들은 올리지 않을 테니까 말이다.

도넛 전문점에서부터 매운 떡볶이 가게까지 하루 종일 붙어 있었지만, 정작 녀석의 입에서는 망친 기말고사와 갈 수 있는 대학 리스트, 학원 특강 같은 말만 튀어나왔다. 그러고는 불쑥 소개팅 이야기를 꺼냈다. 해는 오래전에 자취를 감췄고 골목부터 밤의 어스름이 숨어들었다.

한 번쯤 성빈이 형 이야기가 나올 줄 알았다. 비록 시험 기간이라 해도 성하의 성격상 제 오빠에게 몇 마디 물었을 테니까. 그럼에도 침묵한다는 건 성하 역시 두 사람의 관계를 딱히 뭐라 단정 지을 수 없기 때문이다. 두 사람 사이가 상상했던 것 이상으로 심각하다는 뜻이 아닐까. 그래서 차마 묻지 못했다. 성하 입에서 무슨 말이 튀어나올지 무섭고 두려우니까.

우리는 초콜릿으로 얼얼한 입 안을 달랬다. 배 속이 뜨겁게 익어 가는 느낌이다. 매운맛은 미각이 아닌 통각이라 했다. 흔히 사랑을 달콤한 초콜릿에 비교하는데, 어쩌면 진짜 사랑은 죽음의 불맛 떡볶이인지도 모르겠다. 사랑이 언제나 달콤하기만 할까? 하면 할수록 아리고 아프고 속이 쓰리지 않을까? 그럼에도 중독처럼 또 그 아린 맛에 도전한다. 먹고 나면 후회하고 배 속은 뜨거운 것으로만 가득 차 버리는데도 말이다. 처음부터 끝까지 달콤하기만 한 초콜릿은 절대 사랑과 비교할 수 없다.

"사랑은 오히려 특별함 아니야?"

동우의 말처럼 모든 사랑은 특별하다. 사랑에 평균을 따지거나 보통의 연애를 지향하는 사람은 없으니까. 주말에 만나 영화를 보고 저녁을 먹은 뒤 헤어지는 평범한 만남이라 해도 사랑에 빠진 사람들에게는 그 시간이 세상에서 가장 특별한 하루가 된다. 그런 의미에서 동우가 정의한 사랑이 맞는 것 같다. 그런데 사랑이 모두 특별하다면 대신 조금 더 편안한 사랑과 훨씬 더 힘든 사랑이 존재하지 않을까.

"무슨 생각을 그렇게 골똘히 해?"

성하가 물었다. 나는 점퍼 주머니에 손을 찔러 넣었다.

"너는 평범함이 뭐라 생각해?"

얼마 전에 동우에게 한 질문이다. 녀석은 콜라를 내뿜느라 대답할 수 없었지만. 요즘 들어 평범함이나 보통, 평균 같은 단어들이 자꾸만 머릿속을 맴돈다. 생각해 보니 내가 엄마와 열여섯 살 차이? 옛날이라면 전혀 문제 되지 않았다. 그때는 스무 살이 되기 전에 결혼했고 아이도 빨리 낳았으니까. 과거에는 당연시되었던 것이 지금은 비정상이 됐다. 지금은 아무 문제 없는 일들이 과거에는 커다란 이슈가 되었던 것처럼. 지금은 해괴하다 생각하는 것들이 미래에는 당연시될지 누가 알겠는가? 흑인 대통령이 탄생하고 여성이 정재계에 진출해 눈부시게 활약하는 현실은 불과 100여년 전만 해도 상상하기조차 어려운 일이었다.

아니, 그렇게 멀리까지 갈 필요도 없다. 당장 엄마만 봐도 그렇다. 엄마가 나를 낳았을 때만 해도 미혼모에 대한 주위의 시선은 더없이 싸늘했다. 모든 책임을 한 사람에게 물었고, 학생이 아이를 낳았다는 사실에 무지한 비난을 퍼부었다. 지금도 여전히 상처를 주는 이들이 있지만 과거에 비한다면 온정의 손길을 나누려는 사람도 많아졌다. 더불어 생명 탄생에 어느 한쪽이 아닌 두 사람 모두에게 똑같이 책임을 묻는 세상도 반드시 올 것이다. 그것이 상식이 되는 지극히 평범한 세상 말이다.

"전에도 네가 한번 말했지? 평범한 삶. 보통의 인생."

귓가에 성하의 목소리가 흘러들었다.

"나도 나름대로 생각해 봤는데. 그냥 고속도로를 달리는 것 같지 않을까?"

"고속도로?"

되물으며 고개를 돌렸다. 성하가 가방끈을 꼭 움켜잡았다.

"이미 잘 닦인 길 말이야. 쭉 달리다 톨게이트로 빠져나오면 되는 길. 톨게이트를 발견하기 전까지는 쉽게 방향을 바꿀 수도, 왔던 길을 다시 되돌아 갈 수도 없잖아. 편리하고 빠른 만큼 이미 그 길에 올라섰으면 큰 선택지가 별로 없어."

이런 말을 할 때면 성하는 조금 다른 얼굴이 된다. 뭔가 깊은 생각을 한다고나 할까?

"사람들이 원하는 게 그런 것 같아. 그냥 요철이나 장애물 없이 잘 닦인 고속도로 위에 오르는 것. 좋은 대학 나오고 취업에 유리한 학과 졸업해서 대기업에 취직하는 거. 몇 살쯤에 결혼하고 아기는 몇 살에 낳고 집은 언제 사고, 이미 시뮬레이션까지 완벽하게 끝낸 삶을 그냥 따라가는 거. 다른 길 볼 것 없이 잘 닦아 놓은 고속도로로 무조건 진입해. 그게 가장 안전하고 빨라."

"하지만. 더 이상은……."

"알아, 내가 전에도 말했잖아. 이제 고속도로도 없어졌을뿐더러 설령 간신히 그 길에 올랐다 해도 전처럼 얌전히 목적지까지 데려다주진 않아."

세상은 점점 더 평범함과 보통을 잃어 갔다. 평균으로 삼아야 할 것도, 기준으로 내세워야 할 법칙도 시나브로 무너져 내렸다. 덕분에 다행일 때도, 때문에 불행할 때도 있었다. 더 이상 학벌로만 성공할 수 있는 시대는 지났다. 그러나 가정을 이루고 아이를 낳을 수 있는, 과거엔 평범한 삶이라 말했던 삶 역시 쉽게 꿈꿀 수 없게 되었다.

"보통의 삶 따위 애초부터 없었던 것 같아."

성하의 입가에 쓴웃음이 지나갔다.

"각자의 삶에 만족하고 행복하면 그게 전부 아닐까? 얼마 남지 않은 고속도로 위에 올라서려 분투하는 대신 뭐, 좀 울퉁불퉁하더라도 각자 길을 만들어 가는 것도 하나의 방법이지."

내가 미혼모의 아들로 태어나서 아버지의 존재를 모른다 한들, 내 삶에 문제가 될 것은 전혀 없었다. 넉넉하지 않은 형편이었지만 곁에는 늘 엄마가 있었고 우린 각자의 자리에서 최선을 다했다. 서로에게 좋은 친구이자 가족이 되어 주었다. 남에게 상처 주지 않고 정직하게 하루하루 살아가는 삶이라면 그것이 정답이고 행복일 것이다. 그런 의미에서 누군가 세워 놓은 평균은 또 다른 누군가에게는 아무 의미가 없을 것이다.

"제법이다, 박성하."

나는 성하의 머리를 흐트렸다. 평소라면 내가 개냐? 하고 고리눈 떴을 녀석이 어쩐 일로 얌전하다. 내가 갑자기 보통이나 평범함을 운운한 것도, 그 한마디에 성하가 장황하게 설명을 늘어놓은 것도 모두 같은 이유일 것이다. 하지만 누구도 쉽게 말을 꺼내지 못했다. 둘 사이에 어색한 침묵이 찾아들었다. 나는 부러 웃으며 말했다.

"너 만약에 동우 만나면 이상한 말 하지 마라."

"무슨 말?"

"아침에 쾌변 본 거니 뭐 그런 거 말이야. 나야 워낙 강력한 백신을 맞아서 네 바이러스 정도는 아주 가볍게 넘기는데 그 녀석은 면역력이 1도 없어. 그냥 충격 먹고 바로 쓰러져. 그러니까 제발 살살 좀 대해 줘."

이성을 소개해 줄 때 대부분 여자 쪽을 걱정하던데 나는 어째 성하보다 동우의 신변이 몇 배 더 염려된다. 과연 이 상황을 다행이라 여겨야 할지 어떨지는 잘 모르겠지만.

"이게 진짜. 누굴 바보로 아나?"

날카로운 주먹이 훅 옆구리를 파고들었다. 내가 이래서 동우를 걱정하는 거다. 예고도 없이 날아오는 주먹과 발차기에 헉하고 숨이 막히니까. 내가 학교 덩치들을 겁내지 않는 건 어려서부터 다져진 탄탄한 기초 체력과 더불어 단단해진 맷집 덕분이다. 체구만 작았지 성하 역시 몇 시간씩 무거운 쟁반을 나르는 통에 주먹이 불 맛 떡볶이만큼 맵다. 시도 때도 없이 날아오는 한 방에 저절로 컥 소리가 터진다.

"네가 이러니까 동우를 걱정하는 거야. 그 자식은 나처럼 맷집도 없어."

"명색이 여자 체면이 있지. 어떻게 연약한 남자를 때리니? 절대 여자가 할 짓이 못 돼."

성하의 한마디에 나는 주춤 걸음을 멈췄다.

"야, 나는 뭐 남자 아니냐?"

"네가 무슨 남자야. 너는 그냥 노을이잖아."

성하가 나릿나릿 길을 걸어갔다. 그래, 나는 그냥 노을이다. 최지혜 씨의 하나밖에 없는 아들 최노을. 그리고 저 녀석 역시 박성하일 뿐이다. 부담될 정도로 솔직하고 과하게 공격적이며 가끔은 깜짝 놀랄 만큼 생각이 깊은 내 여자 사람 친구.

같이 가자는 말에 녀석이 날름 혀를 내밀었다. 아직도 자기가 꼬꼬마 초등학생인 줄 아는 모양인데. 하긴 키만 컸지 그때나 지금이나 변함은 없으니까. 나는 가까이 다가가 녀석과 나란히 보폭을 맞췄다. 성하의 아파트는 우리 집에서 멀지 않다. 한 건물에서 일을 하는 만큼 다 주변 아파트에 옹기종기 모여 살고 있다.

"아, 빨리 방학했으면 좋겠다."

"야, 그 전에 기말 성적이 먼저 나오지."

또다시 날아오는 주먹은 가볍게 피했다. 기습 공격은 언제나 한 번이면 족하다. 휴대폰 화면에는 어느덧 8이란 숫자가 적혀 있었다. 대체 노래방에서 몇 시간을 보낸 거야? 하기야 고작 한두 시간 불렀다면 머리가 아플 정도까지는 되지 않았겠지.

"동우, 공부 잘해. 반이 아니라 전교에서 노는 놈이야. 꼭 그런 의미는 아니지만 너에게 마이너스 될 녀석은 절대 아니라는 뜻이야. 성격도 신중하고 차분해. 그런 녀석이 직접 소개해 달라고 할 정도면 너에게 관심 폭발이라는 뜻 아니겠냐? 만약 사귀게 되면 진짜 잘해 줄 거야."

성하가 나를 향해 몸을 돌려세웠다. 바람이 불어와서 녀석의 긴 머리를 가만히 어루만졌다. 낙엽이 핑그르르 허공에 원을 그리며 떨어졌다.

"솔직히 나는 동우……."

그 순간 멀리서 성하의 이름을 부르는 소리가 들려왔다. 두 사람이 고개를 돌린 곳에서 어둠을 등진 익숙한 얼굴이 걸음을 옮겼다. 말끔한 정장 차림에 가지런히 머리를 빗어 넘긴 사람은 바로 성빈이 형이었다.

"오빠!"

반가움도 잠시 성하가 흘낏 내 눈치를 살폈다. 평소라면 나 역시 반가워했을 것이다. 양복이 썩 잘 어울린다며, 슈트발 좀 받는다며 너스레를 떨었을 것이다. 그러나 더 이상은 그럴 수가 없었다. 형을 어떤 얼굴로 대해야 하는지도 잘 모르겠다.

"먼저 간다."

유치한 투정인 것은 잘 알고 있다. 두 사람은 제대로 된 시작조차 하지 않았다. 그럼에도 형이 원망스러운 건 어쩔 수 없었다. 저렇게 훤칠한 모습으로 나타나면 안 되잖아. 회사에는 또래 직원도 많을 텐데. 업무 이야기를 나누고 함께 회식하는 동료들 말이다. 이런 생각이 들자 짜증이 밀려왔다. 내가 왜 형의 회사 생활까지 일일이 신경 써야 하는데. 왜 걱정하고 의심해야 하느냐 말이다.

"노을아."

나는 애써 못 들은 척 걸음을 재게 놀렸다. 그 순간 성급히 내 팔을 잡는 손이 느껴졌다. 성하와는 다른 악력에 거칠게 손을 내쳐 버렸다. 그러나 당황한 사람은 오히려 나였다. 형을 원망했지만 단 한 번도 무례하게 행동한 적은 없었다. 내 시선이 멀리 서 있는 성하에게 닿았다. 장난기 가득한 눈빛은 사라지고 녀석의 두 눈에는 또렷한 원망이 들어 있었다. 성하가 뒤돌아 터벅터벅 걸음을 옮겼다. 눈치가 빠른 녀석이었다. 자신이 사라지는 것이 두 사람 모두를 위해 나은 일이라 믿을 테지.

"잠깐, 잠깐만 시간 좀 내줘."

무슨 말을 하고 싶어서요? 우리 엄마에게 무슨 말을 했는데요? 엄마는 형에게 도대체 어떤 이야기를…….

차마 소리를 불러들이지 못한 말들이 허공에 흩어졌다. 나는 천천히 어둠에 쌓인 길로 걸어갔다. 어디로 가야 할지 모른 채, 내가 왜 집이 아닌 엉뚱한 방향으로 가는지도 모른 채, 그저 두 발이 닿는 곳으로 비척비척 걸어갔다. 등 뒤에서 낯선 구두 소리가 들려왔다.

지혜 씨

벌써 12월이다. 근처 공원에는 메마른 바람만 한가로이 그네를 타고 있다. 삐거덕삐거덕 앞뒤로 흔들리는 소리가 괴괴하다. 바람 끝이 차갑게 얼어 있는 겨울밤, 공원을 찾는 사람은 없었다. 멀리 보이는 상점들은 벌써부터 연말 세일 준비에 한창이다. 유리 벽마다 빨갛고 파란 꼬마 전구들이 반짝거렸다. 저벅저벅 들려오는 구두 소리에 내 시선이 발끝으로 향했다. 발이 멈추자 눈앞에 캔 커피가 둥둥 떠다녔다.

"성하랑 있을 때 이거 마셨던 것 같아서."

고개를 든 곳에 익숙한 커피 브랜드가 보였다. 성하의 비상한 기억력은 제 오빠를 닮은 모양이다. 언젠가 성하랑 편의점을 나오며 형과 마주친 적이 있는데, 그때 내 손에 들린 게 바로 이 커피였다.

"따뜻할 때 마셔."

나는 형이 건넨 커피를 꽉 움켜쥐었다. 따뜻했다. 차가운 손을
녹일 만큼 아주 따뜻했다.

카페를 말하는 형에게 고개를 내저었다. 형과 마주 앉아 무슨
이야기를 할 수 있을까. 사람이 많은 곳은 싫었다. 밀폐된 공간은
생각만으로도 숨이 막혔다. 고여 있는 분위기가 싫었다. 허공에 흩
어지지 않는 말은 내뱉기 싫었다. 밝은 조명 아래에서 형의 선명
한 두 눈을 똑바로 바라보기 싫었다.

형은 묵묵히 내 뒤를 따라 걸음을 옮겼다. 발걸음이 멈춘 곳은 아
무도 없는 텅 빈 공원이었다. 세 개의 가로등 중 두 개나 불이 들어
오지 않았다. 그래서 안심이 됐다. 형의 얼굴을 자세히 볼 수 없어
서, 내 표정을 쉽게 숨길 수 있어서 정말 다행이란 생각뿐이었다.

형이 조심스레 옆자리에 걸터앉았다. 아무도 없는 공원에 껑충
한 두 남자가 벤치에 앉아 있다. 왜 사람들이 몸에 좋지도 않은 담
배를 피우고, 쓰기만 한 술을 마실까 궁금했는데 조금은 알 것 같
았다. 세상을 살다 보면 맨 정신으로는 견딜 수 없는 상황이 곧잘
일어나니까. 문득 손에 들린 것이 캔 커피가 아닌 팩 소주면 얼마
나 좋을까 싶었다.

형은 한참 동안 어두운 허공만 바라보았다. 무슨 말을 어디서부
터 꺼내야 할지 난감한 모양이었다. 나는 어쩐지 형의 침묵이 편

안했다. 만약 형의 입에서 너는 아직 어려서 잘 모르겠지만, 같은 말이 튀어나온다면 나는 덩치들에게조차 시험한 적 없는 그 깡이라는 것을 보여 줄지도 모르겠다.

형은 한동안 아무 말도 하지 않았다. 캔 커피가 다 식을 때까지 묵묵히 침묵을 지켰다.

"처음에…… 놀라지 않았다면 거짓말일 거야."

형의 시선이 발끝으로 떨어졌다. 바람이 스쳐 간 자리에 연한 스킨 냄새가 남아 있었다.

"지혜 씨가 노을이 네 어머니란 사실에. 너는 성하 친구였으니까."

형의 입에서 나온 지혜 씨란 이름이 소름 끼치도록 생경했다. 내가 전혀 모르는 이름을 듣는 듯 낯설고 어색했다. 지혜 씨는 내가 부르던 이름이었다. 엄마보다 최지혜 씨가 더 어울리는 사람이었으니까. 그럼에도 내가 부른 최지혜 씨와 형의 입에서 흘러나온 지혜 씨는 전혀 다른 인물 같았다. 내가 아무리 엄마를 지혜 씨라 불러도 엄마는 나에게 엄마일 뿐인 걸까. 그러나 형은…… 형이 부른 지혜 씨는 내가 모르는 또 다른 엄마임에 틀림없었다.

"그냥 자연스레 이야기가 오갔던 것 같아. 너랑 성하가 동갑내기 친구에 같은 학교였잖아."

처음에는 그렇게 시작되었다. 아들의 학교생활과 동생의 고민 이야기. 브로치에 구슬 하나를 꿰고 스톤 하나를 붙이며 사춘기가 된 아들과 부쩍 말수가 적어진 동생을 걱정했다.

형은 성하가 태어난 날을 상세히 기억하고 있었다. 너무 작아 손끝조차 건드려 보지 못한 그날, 성하는 작은 주먹으로 제 오빠의 손가락을 힘껏 움켜잡았다. 그것이 신생아의 본능이라는 것을 모르던 어린 형은 가슴이 쿵쾅거려 눈물이 찔끔 비어져 나왔다. "성빈아, 이제 너는 오빠야." 그 한마디가 작은 마음속에 따뜻한 불씨를 심어 주었다. 나에게도 지켜야 할 무언가가 생겼다는 생각, 돌보아야 할 동생이 탄생했다는 기쁨이 어린 소년의 마음을 마구 뛰게 만들었다.

"그러다 보니 지혜 씨도 자신의 이야기를……."

엄마는 시종일관 밝은 목소리로 말했다. 어제 본 텔레비전을 이야기하듯, 예능 프로그램의 한 장면을 묘사하듯 담담하게 풀어 나갔다. 비록 그렇다 한들 엄마가 살아온 삶이 화면 속 장면처럼 유쾌하지만은 않을 것이다. 깔깔 웃으며 맞장구쳐 줄 이야기는 결코 아니었다.

절대 자신의 이야기를 꺼내지 않는 엄마였다. 그런데 유독 형에게만은 그 단단한 벽을 허물어뜨렸다. 엄마에게 형은 별 이유 없이 속마음을 보여 주고 싶은 사람이자 까닭 없이 이야기를 들어 주고 싶은 사람이었다. 많은 녀석과 학교에서 뒤엉켜 지냈지만, 내가 유일하게 동우에게만 눈길을 멈춘 것처럼 말이다.

"그래서 안쓰러운 생각이 들었어요?"

싸구려 동정이냐는 뜻이었지만 아마 아닐 것이다. 만약 그랬다면 엄마가 먼저 알아차렸을 것이다. 엄마가 스스럼없이 이야기를 꺼낸 건 분명 다른 이유에서였다. 엄마의 마음을 연 무언가가 형에게 존재했겠지. 이렇듯 다 알고 있음에도 충분히 눈치챘음에도, 나는 기어이 형의 가슴에 뾰족한 못을 박아 넣었다.

"감히 내가 그럴 주제가 돼?"

형이 혼잣말처럼 내뱉었다.

"대단하시다, 여린 이미지와 다르게 너무 강하고 멋진 분이다. 그 생각밖에 안 들었어."

성하의 말처럼 무려 5년이었다. 형이 엄마 곁을 맴돌던 시간이 단순한 호기심이었다면 오래전에 지쳐 돌아섰을 것이다. 요즘처럼 쉽게 만나고 쉽게 헤어지는, 사랑조차 인스턴트가 되어 버린 시대에는 더더욱 말이다. 그럼에도 나는 여전히 의문이 들었다. 왜 하필 우리 엄마일까.

"솔직히 말할게."

형은 내 눈을 피하지 않았다. 마치 진심을 알아 달라는 듯 나와 시선을 맞추었다. 한 해가 저물어 가지만 형은 여전히 젊고 아름다운 청년이다. 단 한 번도 상상하지 못했다. 형의 푸르름이 내게 이토록 큰 불안으로 다가올 줄은, 알 수 없는 초조함을 느끼게 할 줄은 생각조차 못 했다.

"아프긴 했어. 지혜 씨, 그 시절에 지금의 성하보다도 어렸잖아. 그 생각을 하니 나도 모르게……"

형의 목소리가 미세하게 일렁였다. 문득 동생의 상처를 보며 눈물 흘리던 형이 떠올랐다. 얼마나 아팠을까? 얼마나 쓰렸을까? 어쩌면 형은 타인의 상처에 함께 아파하는 공감 능력이 뛰어난 사람인지도 몰랐다. 공감은 동정과는 다를 것이다. 동정이 멀리서 바라보는 것이라면 공감은 가까이 다가가 상대를 감싸 안는 일일 테니까.

"왜 우리 엄마예요? 어느 것 하나 쉽지 않잖아요."

두 사람 사이에 침묵이 찾아들었다. 꽤나 많은 이야기가 오고 갈 줄 알았다. 내가 알 수 없는 어른들의 세계를 들먹이며 사랑에 관한 장황한 설명이 따라붙을 줄 알았다. 나는 힘 있게 뚜껑을 돌렸다. 딱 소리와 함께 쌉싸래한 커피 향이 풍겨 왔다. 반쯤 식어 버린 커피가 목 안으로 흘러들었다.

엄마는 시험 기간 내내 이런저런 말을 늘어놓았다. 2학년 마지막 시험이었다. 10대의 예민한 아들이었다. 아무렇지 않게 끈적끈적한 농담을 던졌지만 그런 엄마도 형과의 관계만큼은 쉽게 털어놓지 못했다. 엄마가 형에게 갑자기 활짝 마음을 연 것은 아니었다. 전부터 조금씩 열리기 시작했다. 누구보다 가까이에 있었던 사람은 나였으니까. 두 사람이 서로가 서로에게 조금씩 다가가는 모습을 나역시 눈치챌 수 있었다. 다만 모른 척했을 뿐이다. 괜히 긁어 부스럼 만들지 말자 싶었다. 시간이 지나면 각자의 자리로 돌아가겠지, 하는 은근한 바람을 가지고 있었다. 그런데 돌이켜 보니 우습다.

내가 생각하는 두 사람의 자리는 과연 어디일까?

"사람 마음이라는 게 참 눈치가 없어서."

형의 쓸쓸한 웃음이 바람에 섞여 날아들었다.

"뭔가 마음이 이상하다 싶었을 때는 이미 늦어 버렸어."

늦었다는 의미가 무엇인지 알 수 없었다. 한 번도 경험한 적 없으니까. 그러나 한 가지만은 눈치챌 수 있었다. 그 늦음이 후회가 아닌 시작이라는 사실을. 형이 최지혜란 여자를 사랑하게 될 줄 몰랐듯, 엄마 역시 열일곱에 아기를 만나리라고는 상상하지 못했겠지. 뭔가 이상하다 싶었을 때는 이미 내가 찾아온 뒤였다. 그렇게 엄마의 새 삶도 시작되었다.

그런 의미라면 형의 늦음을 가장 잘 이해하는 사람은 바로 엄마일 것이다. 그래서 흔히 사랑에 빠진다고 표현하는 모양이다. 만약 사랑이 보이지 않는 구멍 속으로 들어가는 것이라면, 그 끝에 무엇이 있을지는 빠지기 전까지 전혀 모른다. 바닥에 푹신한 솜이불이 깔려 있을지, 단단한 나무판자가 놓여 있을지 말이다.

"우리 엄마도 그래요?"

형은 대답하지 않았다. 그러나 침묵이 곧 대답임을 알 수 있었다.

"노을이 네가 쉽게 받아들일 수 없는 상황이라는 거 잘 알아. 내가 네 입장이라도……."

"내 입장 따위 단 한 번도 생각해 본 적 없어요."

단 한 번도 엄마의 연인과 아버지를 동일 선상에 놓지 않았다.

그럴 이유도 필요도 느끼지 못했으니까. 다만 엄마에게 상처 주지 않을 사람이길 원했다. 곁에서 지켜보는 내가 불안하지 않도록 엄마가 편안함을 느낄 수 있는 상대이길 바랐다.

"어려서부터 혼자 있는 엄마를 봐 왔으니까, 이제 엄마가 좀 편안해졌으면 좋겠어요."

형의 두 눈이 점점 더 내 안을 파고들었다.

"엄마가 누굴 만나면 불안하지 않을 것 같아? 어떤 사람이 곁에 있으면 편할 것 같은데?"

거듭되는 질문에도 나는 대답을 찾지 못했다. 비슷한 연배인 사람이라면 엄마가 편안해 보일까? 경제적인 능력이 뛰어나면? 삶의 경험이 많으면? 아픔을 간직한 사람이라면? 이 모든 것을 갖춘 사람이라면 지금처럼 불안하지 않을까?

어쩌면 나는 여전히 보통을 찾고 있는지도 몰랐다. 서른넷의 엄마에게는, 열여덟의 아들이 있는 여자에게는, 적어도 이런 남자여야만 한다는 통상적인 관념 같은 것 말이다. 만약 엄마가 제대로 된 연애 경험도 없는 스물여덟의 남자가 아니라, 내가 상상했던 조금 더 삶의 경험이 풍부한 사람을 선택했다면……. 비록 그렇다 한들 그것이 꼭 엄마의 행복과 직결되리란 보장은 없었다. 오히려 그 결말이 더 처참하고 아플지도 모를 테니까.

'그냥 고속도로를 달리는 것과 같지 않을까?'

어른들이 우리에게 좋은 대학과 그럴싸한 기업에 들어가기를 바라듯, 나도 엄마가 고속도로 위에 올라서길 바랐다. 그 이유는 오직 단 한 가지였다.

"적어도 하나는 확실해요."

단호한 한마디에 형의 두 눈이 흔들렸다. 지금까지 한 번도 표정에 변화가 없던 형이었다. 그만큼 엄마에 대한 마음이 굳건하다는 의미겠지. 아무리 형의 마음이 쇳덩이처럼 단단하다 한들, 세상은 절대 굳은 결심만으로 모든 것이 해결되지 않는다.

"주위 사람들에게 이상한 소리 듣지 않았으면 해요. 쓸데없는 말로 상처받지 않기를 바란다고요. 우리 엄마 그럴 이유 없잖아요."

형의 진심이 전부가 아님을 이야기하고 싶었다. 엄마에게 가족은 내가 유일하다. 그러나 형은 아니었다. 모든 것이 수면 위로 올라오면 과연 아저씨와 아줌마가 어떤 반응을 보일까?

"저 남고 입학할 때 성하한테 가장 많이 들은 소리가 소개팅 주선하라는 이야기였어요. 형도 주위에 많지 않아요?"

귓가에 허허 웃던 아저씨의 목소리가 흘러들었다.

"좋은 사람 소개해 주겠다는 지인들이요. 야무지고 생활력까지 강한."

"노을아, 그건 절대 나오는……."

내가 하고 싶은 말이 바로 이것이다. 형이 차마 다 끝맺지 못한 말 속에 얼마나 많은 사람의 기대와 열망이 들어 있는지. 이 모든 것을 가장 잘 아는 사람은 바로 성빈이 형, 본인일 것이다.

나도 모르게 헛웃음이 튀어나왔다. 어쩌다 내가 이런 고민에 빠지게 되었는지. 정말 최노을의 삶, 보통과는 거리가 너무 멀다. 친구의 오빠였던 형이 어느 날 엄마의 애인이 되어 나타났다. 이 상황에서 나는 차마 덩치들이 이죽거렸듯 예쁜 사랑하세요, 라는 말이 나오지 않았다. 그리고 아주 조금은 어른들의 마음을 이해할 수 있게 되었다. 왜 그리 우리를 빠르고 쉽게 갈 수 있는 고속도로 위로 보내려 하는지.

벌써부터 이런 생각 하는 거 너무 이른 것 아닐까? 엄마가 아닌 이성 친구 고민에 빠져야 하는 게 아닐까? 주말이면 여자 친구와 함께 영화를 보고, TV에 나온 맛집을 찾아다니며, 분위기 좋은 카페에서 알콩달콩 대화를 나눠야 하는 것 아니냔 말이다. 뭔가 주객이 전도되어도 한참 된 것 같지만 어쩔 수 없지 않은가. 그저 최대한 나쁜 결과가 일어나지 않도록 바라는 수밖에. 열일곱에 엄마가 된 최지혜 씨 역시 나와 비슷했을 것이다. 뭔가 되게 말이 안 되는 상황이지만 어쩔 수 없었을 것이다. 그저 이 환경에 최선을 다하는 수밖에…….

"알아, 내가 못 미더운 거. 많이 부족하고 어수룩해 보이는 거 잘 알고 있어."

차라리 형이 부족하고 어수룩해 보이면 오히려 안심이 되겠다. 그러나 지금의 형은 어느 누가 봐도 호감이 가는 썩 괜찮은 사람이 되어 버렸다. 나에게 하는 것만 봐도 충분히 느낄 수 있었다. 가

르치려 들거나 어른이라고 허세 부리지 않았다. 누구라도 형과 대화해 보면 알 것이다. 너그럽고 사려 깊은 사람이라는 것을. 그렇기에 엄마도 솔직한 마음을 털어놓았겠지. 지금껏 그 누구에게도 내보인 적 없던 아픈 과거를 보여 주었겠지.

"형을 못 믿어서 그러는 거 아니에요."

다가올 미래를 예측할 수 없듯 사랑도 마찬가지다. 누구도 그 끝을 알 수 없다. 만에 하나, 천에 하나 엄마가 형으로 인해 상처받는다 해도 그건 어디까지나 엄마가 견뎌야 할 몫이다. 다만 내가 우려하는 건 단 한 가지뿐이다.

"아저씨랑 아줌마는 아직 모르고 계시죠?"

시작하기도 전에 엉뚱한 이들에게 손가락질받는 것이 끔찍했다. 아저씨나 아줌마에게 얼마나 대단한 아들일지는 모르겠지만, 나에게 성빈이 형은 그야말로 지극히 평범한 친구 오빠에 지나지 않는다.

"그럼 지금이라도 말해요."

이 한마디에 형의 두 눈이 흔들렸다.

"왜요? 그건 싫어요?"

차갑게 식어 버린 커피를 한입에 들이켰다. 목울대를 건드리는 커피가 유독 썼다. 힘을 주자 콰직 소리와 함께 알루미늄 캔이 찌그러졌다. 내 가슴속에서도 비슷한 소리가 들려왔다.

시간이 지날수록 어둠이 짙어졌다. 바람 끝이 차갑게 날을 세웠다. 성하 때문에 집안일은 손끝 하나 건드리지 못했다. 욕실이며 현관 입구도 청소해야 하는데. 성빈이 형 때문에 마트조차 들르지 못했다. 내일 아침 먹을 식빵도 사야 하고 치즈도 떨어졌는데. 어떤 악연이기에 두 남매가 내 하루를 왕창 잡아먹고 있을까. 이제라도 집에 들어가야 할 것 같았다. 나는 찌그러진 캔을 손에 쥔 채 자리를 털었다.

"커피 잘 마셨어요."

그래도 형의 속마음을 엿볼 수 있는 시간이었다. 좀 더 다행인 것은 그 마음속에 조금의 거짓도 들어 있지 않다는 것이다. 형은 진심이었고 그만큼 간절했다. 형 역시 평범함과는 거리가 먼 사람이다. 그래서 행복한지는 아마 자신만이 알 수 있겠지.

"먼저 갈게요."

걸음을 옮기는데 등 뒤에서 목소리가 들려왔다.

"말할게. 부모님께 다 말할 거야."

나는 뒤돌아 형과 마주했다.

"그 전에 노을이 너하고 한 번쯤 이야기할 시간이 필요하다 생각했어."

형의 눈빛이 왜 흔들리는지 알 것 같았다. 형도 나와 같은 불안을 가지고 있겠지. 자신으로 인해 엄마가 상처받을까 봐. 괜한 손가락질을 받을까 봐. 진짜 그런 일이 생긴다면 저 훈훈한 얼굴에 흉터 몇 개쯤은 생길 각오는 하고 있어야 했다.

나는 다시 돌아서서 공원을 빠져나왔다.

'왜 하필 하고많은 사람 중에 네가 뭐가 아쉬워서. 현실적으로 말이 된다고 생각해? 아들이 네 동생이랑 동갑이야. 아니, 너는 순진해 아무것도 몰랐다 치자. 어떻게……'

날카로운 환청이 바늘처럼 온몸을 찔러 댔다. 드라마를 좋아하지 않는데, 그 흔한 사랑 이야기조차 읽지 않는데, 뭐가 이리 또렷하고 선명하게 들려오는지 모르겠다. 그 순간 주머니 속 휴대폰이 울렸다. 무심코 꺼내 본 화면에는 익숙한 이름이 깜빡거렸다.

— 어디야 아들.

"어디겠습니까, 최지혜 씨?"

나는 혼자서 중얼거렸다.

— 집 근처야 금방 도착해.

전송 버튼을 누르고 점퍼 주머니에 손을 찔러 넣었다. 얼마 전 엄마가 사 준, 내가 중국집에서 양파 껍질을 수백, 수천 개는 벗겨야 살 수 있는 바로 그 패딩이다. 비싼 만큼 따뜻했고 입지 않은 듯 가벼웠다. 엄마는 미리 예상했나 보다. 올겨울 유독 내 어깨가 무거워질 것을 말이다. 그래서 입는 옷이나마 무게를 줄여 주려던 모양인데, 마음만은 정말 고맙지만 영 효용성이 떨어진다. 깃털 같은 패딩을 입었음에도 축 처진 어깨는 펴질 생각을 안 하니까. 두 다리에 모래주머니라도 매달아 놓은 것 같았다. 나는 집을 향해 허청허청 걸음을 옮겼다.

현관문을 열기 무섭게 엄마가 벌떡 몸을 일으켜 세웠다. 표정을 보니 이미 형에게 연락받은 모양이었다.

'지혜 씨.'

엄마를 부르던 형의 목소리가 떠올랐다. 내가 장난 반으로 부르던 것과는 전혀 다른 느낌이었다. 아니, 지혜 씨라 부르는 목소리, 어감, 눈빛, 모든 것이 달랐다. 형은 누군가의 엄마가 아닌 최지혜라는 사람 그 자체로 알고 있을 테니까.

"저녁은?"

"성하랑."

저녁은 성하와 먹고 커피는 성빈이 형이랑 마셨다니. 내가 일하는 곳이 두 남매의 아버지가 운영하는 중국집이라니. 박씨 집안과 인연의 끈이 하염없이 긴 건지, 끈질긴 악연이 계속되는 건지는 도무지 알 수 없었다.

"노을아."

엄마가 아랫입술을 잘근거렸다. 아이가 아기를 데리고 다닌다는 상인들의 말도 암팡지게 받아치던 엄마였다. 작은 구슬 하나를 고를 때조차 허투루 보지 않았다. 어리다고 무시하는 사람들에게도 전혀 기죽지 않았다. 그때의 엄마는 세상과 단판이라도 지을 기세였다. 그렇지 않고서는 어린 아들과 살아남기 힘들다 생각했겠지. 그럼에도 내 기억 속에서 엄마는 늘 여유로웠다. 어떤 일이 있어도 가벼운 웃음으로 넘기려 했다. 내가 보지 않는 곳에서 얼마나 많은 눈물을 흘렸는지 알 수 없지만, 적어도 내 앞에서는 절대 기가 죽거나 두려움에 떨지 않았다.

"우리 잘하고 있는 거지, 아들?"

어린 내가 고개를 끄덕이면 엄마는 환히 웃었다. 그것으로 되었다는 듯 여유로운 미소를 내비쳤다. 그랬던 엄마가 초조한 모습을 보였다. 엄마도 내 눈치를 살필 때가 있구나, 문득 그런 생각이 들었다. 며칠 전 카레가 너무 맹맛이라 한마디 했더니 "바쁜데 만들어 줬으면 감사합니다, 하고 먹을 것이지. 어디 밥투정이야?" 하고 버럭 소리치던 엄마였다. 그게 엄마의 참모습이었다. 누구 앞에서도 기죽지 않고 당당하게 살아가는 활기참. 다른 누구도 아닌 나의 엄마 최지혜 씨라면 그럴 자격이 충분히 있다.

"노을아, 너 방금······."

"엄마."

그럴 필요는 전혀 없다. 엄마가 왜? 이토록 젊고 능력 있는 엄마가 왜. 지혜공방 CEO이자 잘나가는 액세서리 쇼핑몰 대표님께서 왜 평소답지 않게 자꾸만 아들 눈치를 살피십니까? 대체 왜요? 뭐가 무서워서?

"누구라도, 나 가만 안 둬."

엄마는 가만히 눈을 끔뻑였다.

"누구라도 엄마한테 말도 안 되는 소리 지껄이면, 그 사람이 누구든 나 가만 안 둔다고."

나그네의 키가 침대보다 크면 잘라 죽이고, 작으면 늘려 죽이는 그리스 신화 속 프로크루스테스처럼 상대를 손쉽게 평가하는 사람들, 자신의 생각이 기준이라 믿는 인간들 때문에 절대 괴로워할 필요 없단 뜻이다.

"너 내가 그렇게 만만하게 보이니?"

엄마 말에 나는 두 눈을 크게 떴다.

"누가 왜? 내가 뭘 잘못했는데? 야! 나 최지혜야, 지혜공방 CEO."

엄마가 한쪽 눈을 찡긋해 보였다. 자신만만한 표정과 여유 가득한 미소가 나를 안심시켰다. 그래, 내 앞에 서 있는 저 작고 연약한 여인은 열여덟의 아들을 둔 엄마다. 그 어떤 폭풍우에도 끄떡하지 않는 굵고 단단한 뿌리를 가지고 있는 사람, 그 거목이 바로 내가 아는 진정한 최지혜 씨의 모습이다.

"최지혜 씨랑 나, 잘하고 있는 거 맞지?"

엄마가 웃으며 고개를 끄덕였다. 그거면 됐다. 오래전 어린 아들 고갯짓에 환하게 웃던 엄마처럼, 나 역시 엄마가 웃을 수 있으면 그것으로 충분했다.

나는 뒤돌아 방문을 열어젖혔다. 스위치를 누르자 하얗게 빛이 쏟아져 내렸다. 저 산 너머에 무엇이 있는지 알고 싶다면 반드시 정상까지는 올라가야 한다. 산마루에 섰을 때 기대에 못 미치는 풍경이 펼쳐질지, 아름다운 장관이 기다릴지는 아무도 모를 테니까. 오직 그 정상에 도착한 사람만이 알 수 있다. 지금은 그저 한

걸음 한 걸음에 집중해야 했다. 미리 염려하거나, 과한 기대 역시 좋지 않을 것이다.

엄마는 지금까지 수많은 산을 넘어 왔다. 때로는 좌절했고 때로는 환희에 만세를 불렀다. 두 사람이 산 정상을 향해 위태로운 걸음을 옮길 적마다, 엄마는 언제나 앞장서서 내 손을 꼭 붙잡아 주었다. 혹여 내가 넘어지지 않을까, 돌부리에 다치지 않을까 걱정하면서 말이다. 나는 아직 엄마 손을 잡고 앞장설 능력은 가지고 있지 않다. 그러나 이제는 등 뒤가 아닌, 나란히 보폭을 맞출 정도는 되었다고 믿는다. 엄마가 조금 덜 힘들도록, 조금 덜 외롭도록 함께 걷는 친구는 충분히 될 수 있다.

"그래, 엄마 잘못한 거 하나도 없어. 그러니 걱정하지 마."

나는 환하게 불이 켜진 방을 보며 혼자 중얼거렸다.

평균의 값

기말고사가 모두 끝난 교실은 나사 빠진 장난감처럼 삐걱거렸다. 평균 운운했던 담임조차 특별히 잔소리를 하지 않았다. 2학년의 마지막이기 때문이었다. 수업은 대부분 자율 학습이었다. 예술 영화라 쓰고 자장가라 읽는 프랑스 영화를 틀어주는 선생님도 있었다.

종이 울리자 과학은 숙면하라며 교실을 빠져나갔다. 몇몇은 나직이 코를 골았고 나머지는 휴대폰을 꺼내 들었다. 나는 자리에서 일어나 동우의 책상으로 다가갔다. 잠깐 나와, 싶은 눈짓에 드르륵 의자가 뒤로 밀렸다. 냉장고 신선 칸처럼 냉기가 응축되어 있는 복도는 각 반에서 흘러나온 소란이 먼지처럼 떠다녔다. 서늘한 겨울 햇살이 하얗게 스며들고, 배시시 웃는 동우의 미소는 눈의 여왕이 데리고 간 카이를 연상시켰다.

"연락은 해 봤어?"

동우가 쓸쓸한 미소를 지었다. 당당히 소개팅을 말할 때는 언제고, 직접 찾아온 배짱은 어디다 버려 두고, 또 저렇듯 쑥스러운 미소를 짓는지 모를 일이다.

"뭐, 그냥."

시험이 끝난 후, 나는 동우에게 성하의 번호를 건네주었다. "입력해." 한마디에 녀석은 주머니 속 휴대폰을 꺼내 들었다. 그러고는 하나둘 성하의 번호를 입력했다. 살짝 표정이 굳는 것을 보니 제법 긴장되는 모양이었다.

"언제 보기로 했냐?"

동우가 내일이라고 짧게 대답했다. 내일은 금요일이다. 일주일 중 가장 핫하다는 날이다. 토요일, 일요일 모두 아르바이트에 묶여 있으니 성하에게는 금요일 오후가 편할 것이다. 요즘은 겨울방학 특강 준비로 대부분의 학원이 자체 방학에 들어갔다. 약속까지 잡은 것을 보면 두 사람의 대화가 썩 나쁘지 않은 모양이었다.

"그 자식 매운 거 엄청 좋아해. 죽음의 불 맛 떡볶이도 국물까지 싹싹 먹어. 괜히 허세 부리지 말고 못 먹으면 그냥 못 먹는다고 말해. 성하 배려해 준다고 센 척하다 너 다음 날 위경련 일어난다. 그 자식 남이 못하는 거 절대 강요하는 스타일 아니야. 너 혹시 성하가 매운 음식 좋아하냐고 물어서 그렇다고 했어?"

동우가 고개를 내저었다. 허세와 허풍과는 거리가 먼 녀석이니 그런 걱정은 필요 없겠지.

"너도 좋아한다며 매운 음식."

"나?"

녀석이 피식 웃음을 터트렸다.

"성하가 그러더라, 너도 매운 음식 잘 먹는다고."

이게 다 성하와 다닌 덕분이다. 그 녀석 따라 불 맛 떡볶이에 닭발, 매운 치킨, 더불어 아저씨의 화끈한 속풀이 짬뽕까지 즐겨 먹다 보니 이제 웬만한 매운 음식 앞에서는 눈도 깜짝하지 않는다. 중독된 것처럼 배 속에서 지글지글 끓는 매운 음식이 주기적으로 생각날 때도 있으니까.

"응, 어쩌다 보니. 매운 음식이 은근 중독성이 강하거든."

"너랑 성하 둘 다 좋아한다는데 그럼 나도 도전해 볼까?"

나는 콕콕 녀석의 미간을 건드렸다. 아무리 성하가 좋다고는 하나 괜히 입맛에도 맞지 않는 음식을 억지로 먹을 필요가 있을까? 그러다 속만 버리지.

"아가, 아서라. 괜히 여자 앞에서 폼 잡다가 망신 당한다."

어쨌든 두 사람이 약속까지 잡았다고 하니 이제 내가 할 일은 아무것도 없다. 그저 잘되기를 기도하는 수밖에.

"그런데 너 왜 이렇게 조용하냐?"

성하랑 연락을 했으면 내가 묻기 전에 한마디 했을 텐데. 동우는 그렇다 치고 성하 이 녀석은 또 왜 이리 조용할까. 벌써 열댓 번은 전화해 지금 상황을 실시간으로 생중계했을 텐데 말이다. 사실을 고백하자면, 나는 동우보다 성하의 연락을 몇 배는 더 기다렸다. 소개팅이 아닌 전혀 다른 이유에서 말이다.

형은 아직 부모님에게 말하지 않았을까? 쉽게 꺼낼 수 있는 이야기가 절대 아니겠지. 적어도 내년이 되기 전에 모든 사실을 고백하길 바랐다. 두 사람이 더 가까워지기 전에 깔끔하게 정리되길 바라니까. 주위가 조용한 것을 보니 아직 아무것도 말하지 않은 모양이다. 그랬다면 엄마에게도 이런저런 연락이 왔을 테지. 이게 바로 폭풍 전야라는 것일까? 괜스레 마른침만 넘어간다. 성빈이 형은 언제쯤 말하려는 계획일까?

"말하려고 했는데 그냥 좀……."

동우가 뒷머리를 긁적였다. 그래, 형도 지금쯤 많이 고민하겠지. 섣불리 꺼낼 수 있는 내용은 아니니까. 벌써부터 눈에 그려진다. 형이 입을 열었을 때 아저씨와 아줌마의 놀란 표정이.

"아무튼 내일 잘해 봐."

나는 가볍게 동우의 어깨를 쳤다.

"미안해. 나 때문에 괜히 너만 곤란하게 만든 것 같아."

물론 성하를 소개해 달라 했을 때는 많이 당황했다. 두 사람을 이어 주어도 될지 고민한 것도 사실이다. 솔직히 성하와는 남매처럼 자랐고 동우와도 꽤 친하다 말할 수 있지만, 내가 곤란함을 느끼면서까지 두 사람을 연결해 줄 의무는 없다. 그래도 나름 둘이 잘 어울릴 것 같았고, 동우 성격상 제 할 일 하지 않고 이성 친구에 푹 빠질 스타일은 아니니까. 그런 면에서 성하에게도 충분히 도움이 되리라 믿었다. 남에게 폐 끼치는 걸 진저리 치게 싫어하는 성격인 건 알고 있지만, 동우 녀석 진짜 이 정도인 줄은 몰랐다.

"곤란은 무슨. 아무튼 잘됐으면 좋겠다."

나는 동우를 지나쳐 교실로 돌아왔다. 2주도 채 남지 않은 한 해가 조용히 저물어 갈지, 하늘의 노을처럼 시끌벅적한 색으로 물이 들지는 조금 더 지켜봐야 할 것 같았다.

엄마는 여전히 아무 말도 없었다. "오늘 별일 없었어?" 묻는 내게 "무슨 일?" 되물으며 두 눈을 깜빡였다. 형은 아직 부모님께 말을 꺼내지 못한 걸까. 그랬다면 아줌마가 한 번쯤 찾아오고도 남았을 테지. 너무 천진하게 대답하는 엄마를 보니 거짓은 아닌 것 같았다.

연말이 다가오고 있었다. 저마다 일 때문에 정신없이 바쁠 것이다. 엄마 역시 크리스마스 이벤트와 기념품 판매로 하루하루를 숨가쁘게 보냈다. 공방은 원데이 클래스 수강생으로 넘쳐 났고, 하루에도 열 개가 넘는 액세서리 부자재 상자들이 밀려들었다. 크리스마스에 특별한 선물이 될 수 있는 DIY 제품 역시 평소보다 두세 배 정도 판매량이 급증했다. 아르바이트생을 고용하면 더 많은 상품을 판매할 수 있지만 엄마는 모든 것을 혼자서 처리하려 했다. 물건을 많이 파는 것보다 중요한 건 고객에게 신용을 잃지 않는 것이었다. 과한 욕심은 딱 그만큼의 화를 몰고 온다는 것이 지혜 공방 CEO이자 쇼핑몰 대표인 최지혜 씨의 사업 철학이니까.

엄마는 9시가 되기 전에 이미 집을 나섰다. 싱크대를 보니 또 우유 한 잔으로 아침을 때운 모양이었다. 황소처럼 일하면서 먹는 것은 늘 토끼보다 못했다. 어제는 밤새 엄마를 도와 DIY 제품을 상자에 담았다. 무려 새벽 1시까지 말이다. 포장 작업을 하며 나는 연신 엄마의 눈치를 살폈다. 사실 물어보고 싶은 것이 있었다. 그러나 너무 집중해서 일하는 최지혜 씨를 보니 차마 입이 떨어지지 않았다.

"주문 들어온 송장이랑 상품이 맞는지 두 번 세 번 확인해. 마지막으로 상품 번호랑 컬러도 체크하고. 요즘처럼 택배 바쁠 때는 반품이나 교환도 제시간에 이뤄지지 않아."

일할 때면 엄마는 눈빛부터 달라졌다. 이것이 바로 프로의 모습인가 싶었다. 하긴 몇 번이고 물건과 송장을 확인하다 보면 다른 생각이 비집고 들어올 틈이 없었다. 덕분에 일이 끝나자마자 침대에 뛰어들어 잠들었다. 눈을 떴을 땐 엄마는 이미 공방으로 출근한 뒤였다.

아침으로 컵라면 하나를 끓여 먹고 서둘러 집을 나섰다. 어젯밤 엄마를 도와주면서도 연신 휴대폰을 곁눈질했다. 성하나 동우 둘

중 누구에게 먼저 연락이 올까 한참을 기다렸다. 첫 만남인데 늦어도 10시 전에는 헤어지겠지 싶었다. 그러나 11시, 12시가 되어도 휴대폰은 조용했다. 그렇다고 내가 먼저 연락하기도 뭣하다는 생각이 들었다. 이 늦은 시각까지 이것들 대체 뭐야? 싶은 괜한 걱정이 들었지만 두 사람의 성격상 말도 안 되는 소리였다. 하지만 또 모르는 게 남녀 관계 아니던가? 만약 송장 확인 똑바로 안 하냐는 엄마의 재촉만 없었다면 적어도 두 사람 중 한 명에게는 먼저 연락해 봤을 것이다. 물론 정신을 차렸을 때는 이미 12시를 넘어 새벽 1시를 가리키고 있는 덕분에 누구에게도 연락하지 못했지만 말이다. 대체 두 사람은 잘 만난 건지 어떤지 궁금해 죽을 지경이다.

멀리 제과점에서 갓 구운 빵 냄새가 풍겨 왔다. 엄마가 좋아하는 계란 샌드위치도 있겠지? 뭔가에 홀린 듯 제과점으로 향하다 그 자리에서 걸음을 멈췄다. 휴대폰은 9시 40분을 나타냈다. 나는 몸을 돌려 건물 안으로 들어섰다.

지혜공방은 아침부터 환하게 불을 밝히고 있었다. 수업 준비에 분주한 엄마는 수강생들에게 나눠 줄 액세서리 부자재를 분류 중이었다. 테이블 위에는 김이 모락모락 피어오르는 커피와 계란 샌드위치가 놓여 있었다. 아침을 우유 한 잔으로 때운 엄마가 제과점에 들렀을 리 만무했다. 저 커피와 샌드위치의 출처는 묻지 않아도 알 수 있었다. 제과점으로 향하던 발걸음이 왜 저절로 멈췄는지도 알 것 같았다. 나는 뒤돌아 계단을 밟아 올라갔다.

문을 열자 홀을 청소하는 성하의 모습이 보였다. "야, 너!" 소리 치다 흘끗 주방을 곁눈질했다. 청소를 끝낸 아저씨가 채소와 고기 를 다듬고 있었다. 나는 한걸음에 성하에게 가까이 다가갔다.

"어제 어떻게 된 거야."

"동우한테 연락 왔어?"

"그 자식한테도 아무 연락 없었어. 대체 너희 어제……."

"노을아."

성하의 목소리가 잔뜩 가라앉아 있었다. 어쩐지 예감이 좋지 않 다. 만약 동우가 마음에 들지 않았다면, 당장 전화해 듣도 보도 못 한 욕설을 퍼부었을 것이다. 동우 성격상 무례하거나 도가 지나치 는 행동을 하진 않았을 텐데. 혹여 나만의 착각이었을까? 여자인 성하에게는 전혀 다른 모습을 보인 걸까? 갑자기 싸한 느낌이 밀 려들었다. 나는 꽉 주먹을 말아 쥐었다.

"뭐야. 어제 무슨 일 있었어?"

성하가 고개를 내저었다.

"그냥 파스타 먹고 커피 마시고 헤어졌어."

"몇 시에."

"9시 30분쯤?"

10시도 안 돼서 헤어졌다면 두 사람 모두 연락 가능했을 텐데. 좋았다면 좋은 대로, 싫었다면 싫은 대로 말이다. 그러나 두 녀석 은 약속이라도 한 듯 나에게 아무 연락도 하지 않았다.

"그런데 왜 나한테 연락 안 했어."

백번 양보해 동우는 그렇다 치자. 별일 아닌 일에도 득달같이 휴대폰을 울리던 성하는 어제같이 특별한 날에 왜 또 조용했느냐 말이다.

"생각 좀 하느라고."

"뭘?"

성하가 물끄러미 나를 보았다. 누구보다 제 감정에 충실한 녀석이었다. 좋고 싫음이 너무 명확해 탈일 지경으로. 이토록 단순한 감정을 왜 지금은 전혀 읽을 수 없을까.

"우선 그것보다……."

"노을이 왔냐?"

주방에서 아저씨의 목소리가 들려왔다.

"손 씻고 어서 들어와. 오늘도 쌀쌀하니 짬뽕 손님이 많겠구나. 양파 부지런히 까야 해."

평소와 다름없는 아저씨를 보니, 형에 관한 한 아직 아무것도 모르는 모양이다.

"박성하, 이따 다시 이야기해."

나는 화장실로 들어가 손을 닦았다. 혹여 괜한 짓을 한 걸까? 내가 생각하는 동우의 모습이 전부는 아닐 텐데. 너무 성급히 소개했다는, 뒤늦은 후회가 밀려들었다. 고개를 들자 거울 속에는 잔뜩 굳은 얼굴이 들어 있었다.

"응, 그래. 맛있다고 소문나서 한번 와 봤더니 짬뽕 국물이 생각보다 시원타. 어제? 많이 마셨냐? 부부 동반 연말 모임? 그럼 가만 있어 봐라."

전화를 끊은 후, 손님이 성하를 향해 손짓했다. 뭐 더 필요하세요? 살뜰히 묻는 성하에게 은발이 희끗희끗한 남자가 말했다.

"저기 밑에 늘푸른아파트 알지? 거기 3동 1603호로 짬뽕 두 개하고 탕수육 하나 배달 좀 부탁하려고. 값은 내가 낼 테니까."

한동안 잠잠하더니 또 배달 요청이 들어왔다. '저희 가게는 배달을 하지 않습니다.' 큼지막하게 써 붙인 종이는 왜 읽지 못할까?

"죄송하지만 저희는 건물 상가 이외에는 배달 안 합니다."

성하가 애써 양 입꼬리를 끌어올리며 말했다.

"늘푸른 바로 요 아래 아파트잖아. 우리 아들 집이야. 내 미안해서 탕수육까지 시켜 주는 거니까 후딱 가져다주고만 와."

다짜고짜 반말로 신경을 건드리더니 이제는 말도 안 되는 억지를 부린다. 주방에서 설거지하던 나도 짜증 나는데 홀에서 일하는 성하는 오죽할까 싶었다.

"저희는 건물 상가에만 배달합니다."

성하의 한마디에 남자의 미간이 일그러졌다. 주름이 선명한 것을 보니 평소에도 인상을 자주 쓰는 사람 같았다.

"아니, 우리가 와서 짜장, 짬뽕에 탕수육까지 팔아 줬는데 코앞 아파트까지 다녀오는 게 그리 어려워? 코딱지만 한 중국집에서 뭔 배달을 안 한다고 난리야.”

　나는 수세미를 싱크대에 던지고는 주방을 벗어났다. 여자 혼자 홀을 본다고 가끔 만만하게 보는 손님들이 있는데 그럴 때는 우선 내 선에서 정리를 끝낸다. 생각보다 껑충한 인간이 불쑥 나타나면 사람들은 뒤늦게야 흘끗흘끗 주방을 엿본다. 그 순간 아저씨는 기다렸다는 듯이 중식 칼로 탁! 고기를 내려치거나 갓난쟁이 머리만 한 국자로 탕탕 웍을 때리고는 했다. 한마디로 이곳은 여자 혼자 운영하는 식당이 절대 아니란 뜻을 강하게 어필하는 것이다.

　“저희는 배달 안 한다고 저기에 써 놓았는데요?”

　나는 벽에 큼지막하게 궁서체로 써 놓은 종이를 가리켰다. 입술은 웃지만 눈은 절대 아니었다. 한 번 더 주방을 흘낏거리던 남자가 슬그머니 자리에서 일어났다.

　“대체 동네 중국집에서 배달도 안 하고 뭔 배짱으로 장사를 하려는지.”

　구시렁거리는 남자를 향해 성하가 씽긋이 웃었다.

　“뭔 배짱은요. 똥배짱으로 장사하죠.”

　아침마다 쾌변 운운하더니 녀석다운 대답이었다. 남자의 미간이 또 한 번 일그러졌다.

　“내 이 더러운 곳 두 번 다시 오나 봐라.”

　성하가 계산을 끝낸 후 깍듯이 고개를 숙였다.

　“정말 감사합니다, 손님.”

그 말인즉, 제발 오지 마시라는 암묵적 표현이었다. 남자 손님이 나가자 성하의 입에서 짜증이 흘러나왔다.

"배달 안 하는 동네 중국집은 112에 신고라도 할 기세네."

나는 빈 그릇들을 정리해 주방으로 돌아왔다. 아저씨가 허탈한 웃음을 터트렸다.

"생각보다 사람들이 참 단순해."

잠시 시선을 마주치던 아저씨가 혼잣말처럼 툭 한마디 내뱉었다.

"나도 그랬지."

웍을 돌리는 아저씨의 눈빛 속에는 차갑고 냉정한 기운이 어려 있었다. 불꽃을 다스리기 위해 집중해서 그런 줄 알았는데 어쩐지 그것이 전부는 아닌 듯싶었다. 솟구치는 불꽃 너머로 아저씨의 시선은 종종 보이지 않는 무언가에 닿아 있었다.

늦은 오후 짜장면 한 그릇을 비운 아저씨가 가게를 벗어났다. 또다시 담배 생각이 간절하신 모양이었다. 말없이 볶음밥을 삼키는 성하를 보자 내가 숨이 턱 막히는 것 같았다.

"이제 말해. 대체 어제 무슨 일이 있었는지."

"야! 누가 알면 되게 큰일이라도 있는 줄 알겠다. 별거 없었다고 했잖아. 그냥 밥 먹고 커피 마셨어."

무려 6년 동안 친구로 지내 왔다. 결코 짧지 않은 시간을 이 녀석과 함께 보냈다. 성하가 나를 잘 알 듯 나 역시 성하를 모르지 않았다. 만약 동우가 마음에 들지 않았다면 왕왕대며 짜증을 부렸을 것이고, 그 반대라면 기쁨을 감추지 못했을 것이다. 성하는 누구보다 감정에 충실한 녀석이니까. 그런데 지금 내 눈앞에 앉은 녀석은 좋고 싫음이 아닌, 뭔가를 한껏 감추고 있는 듯 보였다. 그것이 나를 점점 더 초조하게 만들었다.

"박성하. 혹시 어제 동우가 너한테 무슨 실수⋯⋯."

"걔 처음부터 나한테 관심 없었어."

아저씨의 무쇠 국자로 뒷머리를 얻어맞은 느낌이었다. 처음부터 관심 없었다니, 그럴 리가 없었다. 가게에 찾아온 것도 모자라 직접 소개해 달라 하지 않았는가.

나는 한 번 더 조심스레 입을 열었다.

"막상 만나 보니 둘이 안 맞는 것 같아?"

묵묵히 밥을 먹던 성하가 고개를 들었다.

"둘이 안 맞는 게 아니라 애초에 동우가⋯⋯."

녀석이 그만하자며 휘휘 손을 내저었다. 잘 달군 윅처럼 가슴속이 뜨거웠다.

"박성하. 너 그거 확실해? 네가 동우 싫어서 대충 핑계 대는 거 아니야?"

"그런 거 아니라고."

그래, 내가 알고 있는 성하라면 이런 식의 거짓말은 하지 않을 것이다. 싫으면 싫다 좋으면 좋다, 명확하게 말하는 성격이니까. 동우가 관심 없어 한다는 건 분명 사실일 것이다. 누구보다 상대의 마음을 빠르게 읽는 성하였다. 성하를 소개하기까지 얼마나 고민했는데. 만날 때마다 툭탁거려도 녀석은 내가 가장 아끼는 친구이자 형제였다. 함부로 누군가를 이어 줄 만큼 그저 그런 사이가 절대 아니란 뜻이다. 정말 어렵게 마련한 자리를 동우 그 자식은 장난처럼 생각했구나. 그랬으니 기본적인 연락조차 하지 않았겠지. 아니, 못 했겠지. 생각할수록 숟가락을 쥔 손에 힘이 들어갔다. 성하의 시선이 꽉 움켜쥔 내 주먹에 닿았다.

"최노을."

녀석이 아니라는 듯 고개를 내저었다.

"나는 상관없어. 나름 괜찮았거든. 덕분에 맛있는 파스타집도 알아냈고 말이야. 걔 의외로 섬세하더라. 그러니까 별말 하지 마."

"다시 만나자는 이야기는? 연락한다는 말은?"

성하가 피식 헛웃음을 터트렸다.

"그럴 리 없을 거야."

나는 아랫입술을 꽉 깨물었다. 진짜 그런 녀석인 줄 몰랐다. 그깟 공부 좀 한다고 성하에게 무례하게 행동했다? 얼마나 건방지고 도도하게 굴었으면 성하 입에서 전혀 관심 없다는 말이 튀어나왔을까? 동우를 떠올리자 울컥 짜증이 솟구쳤다.

"그 새끼 너한테 어떻게 했어? 너 싫은 티 팍팍 냈어? 너한테 말도 안 되는 질문……."

"그래, 질문은 많이 했지."

성하가 괜찮다는 듯 엷게 웃었다.

"야, 최노을."

창밖으로 크리스마스 캐럴이 들려왔다. 요란한 경적과 오토바이 소리, 주말 한정 세일을 외치는 마트 스피커와 경쾌한 음악까지. 이 모든 소음이 밀가루 반죽처럼 한 덩어리가 되어 왕왕 울려 댔다.

"밥 먹어. 볶음밥 식으면 맛없어."

성하가 입 안 가득 밥을 밀어 넣었다. 그 순간 문득 햄버거를 욱여넣던 동우가 떠올랐다. 볶음밥은 여전히 따뜻한 김이 피어오르는데 이상하게 손이 가질 않았다. 그깟 소개팅 따위 처음부터 관심 가지지 말 것을. 아저씨의 말처럼 나는 단순했다. 내가 알고 있는, 내 눈에 비친 동우의 모습이 전부라 믿었으니까.

"미안해."

나는 진심으로 성하에게 미안했다.

"야, 나는 아무렇지 않아 오히려…… 걔가 좀 그럴 거야."

"그 새끼가 뭐? 대체 너희 어제……."

"밥이나 먹으라고 제발."

성하가 툭 한마디 내뱉었다.

"그것보다 중요한 일이 있어."

"뭐가?"

녀석이 짧은 한숨을 토해 냈다.

"말했거든."

"무슨 소리야?"

"우리 오빠. 부모님한테. 너희 엄마 이야기했다고."

손에 쥔 숟가락이 바닥에 떨어졌다. 쨍그랑 날카로운 파열음에 성하의 젓가락이 허공에 멈췄다. 하지만 잠시뿐이었다. 녀석이 자리에서 일어나 주방으로 걸어갔다. 돌아온 성하의 손에는 새 숟가락이 들려 있었다.

"먹어. 남기지 말고."

성하가 내 손에 숟가락을 쥐여 주었다. 별일 아니라는 듯, 그냥 밥이나 먹으라는 듯, 하지만 태연한 성하의 모습이 오히려 불안했다. 그럼 모두 알고 있다는 뜻일까? 문득 나를 보던 아저씨의 눈빛이 떠올랐다. 평소와 다름없는 시선 속에는 아무런 질문도 들어 있지 않았다. 마치 성하의 고요한 눈빛처럼.

"이 녀석들이 밥을 하루 종일 먹지? 노을이는 뒷정리하고 성하는 어서 저녁 장사 준비해."

벌컥 유리문이 열리며 아저씨가 들어왔다. 아저씨의 시선이 볶음밥이 가득 남아 있는 그릇들에 닿았다. 제 몫의 밥을 다 먹지 못한 건 성하도 마찬가지였다.

"이것들아, 음식 귀한 줄 알아. 한쪽에서는 영양 과잉으로 성인병에 걸리고, 또 한쪽에서는 기아로 허덕이고. 이놈의 세상, 밀가루 반죽처럼 한 덩어리로 죄다 뒤섞어 버렸으면 좋겠다."

쯧쯧, 혀를 차며 아저씨가 뒤돌아섰다. 나도 자리에서 일어나 주방으로 달려갔다.

"저기 아저씨. 혹시 형이……."

"짜장 좀 포장해 줄까? 요즘 양파가 달아서 밥 비벼 먹으면 아주 맛있다."

나는 반쯤 입을 벌린 채 아저씨를 바라보았다. 눈가에 주름과 인중에 거뭇한 수염 자국, 불길에 벌겋게 달아오른 얼굴과 굵고 탄탄한 팔에 차례로 시선이 머물렀다.

"네, 싸 주세요. 내일 아침에 먹죠."

아저씨가 웃으며 고개를 끄덕였다. 그것이 아저씨와 나눈 대화의 전부였다. 내가 남은 그릇들을 설거지하고 양파와 단무지를 손질하는 동안에도 아저씨는 아무 말이 없었다. 평소처럼 짜장소스를 볶고 짬뽕에 들어갈 해물들을 손질했다. 성하는 간간히 날아드는 배달 전화를 정중하지만 특유의 까칠함으로 거절했다. 그리고 나는 처음으로 따끈한 짜장소스를 손에 쥔 채 가게를 나왔다. 천천히 계단을 내려가자 공방 너머로 한창 수업 중인 엄마의 모습이 보였다. 엄마는 언제나처럼 편안하고 즐거워 보였다. 나는 뒤돌아 걸음을 옮겼다.

멀리서 익숙한 실루엣이 헐레벌떡 달려왔다. 얼마나 급하게 나왔는지 동우의 양 볼이 붉게 물들어 있었다. 어쩌면 추위 때문인지도 몰랐다. 겨울방학이 되려면 2주 정도 남아 있었다. 그러니 학교에서 얼마든지 만날 수 있고 전화나 톡으로도 대화가 가능했다. 하지만 직접 만나야 했다. 녀석의 눈을 보며 어떻게 된 일인지 상세히 묻고 싶었다. 나는 미끄럼틀에 비스듬히 서 있던 몸을 천천히 일으켜 세웠다.

"우리 동네라고 해서 너무 놀랐어. 이 시각에 왜 여기까지 왔어?"

대략 어느 동네라는 사실은 알고 있었다. 나는 동우가 말한 놀이터를 찾아왔다. 꼬꼬마도 아닌데 요즘 들어 자꾸만 공원이나 놀이터를 찾아갈 일이 자주 발생했다. 그것도 썩 바람직하지 못한 기분으로 말이다.

"내가 왜 이 시각에 여기까지 왔을까?"

주머니에 손을 넣고 삐딱하게 고개를 기울였다. 흠칫 놀라는 것을 보니 동우 자식, 이제야 정신이 든 모양이다. 더불어 내가 지금까지 누구와 함께 있었는지도 충분히 눈치챘을 것이다. 덕분에 어젯밤 성하와 어떤 일이 있었는지 새록새록 기억이 떠오르겠지.

"노을아, 이제 와서 이런 이야기 너무 염치없는 거 아는데, 아무래도 나는 성하에게……."

"막상 만나 보니 관심 없어졌냐? 내가 그 녀석을 쉽게 말했다고 너도 그럴 수 있다고 생각해? 너 뭐야? 네가 먼저 소개해 달라 하고 가게까지 찾아온 주제에. 그래 놓고……."

"미안해. 노을아, 진짜 너무 미안한데."

미안하단 말이 뾰족하게 관자놀이를 찔러 댔다. 그런 게 아니라 말하지 않았다. 성하가 오해를 한 것이라 변명하지 않았다. 어리바리한 모습만 보였다는 후회도 아니었다. 미안하다는 뜻은 자신의 잘못을 가감 없이 고백한 것이다.

"너 지금 뭐라 그랬냐? 미안?"

동우가 겁에 질린 눈으로 나를 보았다. 덩치들에게 짓밟힐 때조차 당당했던 녀석이 내 앞에서 비 맞은 강아지처럼 오들오들 떨기 시작했다.

"내 생각이 짧았어. 나도 모르게 충동적으로."

오늘따라 이 자식의 단어 선택이 정말 매우 몹시 그리고 진저리치게 마음에 들지 않았다. 충동적? 그 말인즉, 반장난식으로 성하를 소개받았단 뜻인데. 내가 누구보다 아끼는 친구를 그저 그런 장난감으로 생각했다고?

나는 와락 동우의 멱살을 틀어쥐었다. 나보다 약해 보이는 녀석을 건드리는 거 진짜 치졸하다 생각했다. 손만 대도 푹 쓰러질 것 같은, 뼈밖에 남지 않은 동우에게 이런 짓 하기 정말 싫었다. 하지만 더 이상은 참을 수가 없었다. 화가 머리끝까지 치솟아 당장 이 하얀 찹쌀떡 같은 놈을 짓이겨 놓고 싶으니까.

"네 눈에는 성하가 심심풀이 땅콩으로 보이냐? 사람 소개받는 게 무슨 장난이야? 내가 말 안 했냐? 누가 그 녀석 손끝 하나 건드리면 나 바로 눈 돌아가거든."

지리멸렬한 변명이라도 늘어놓기를 바랐다. 그러나 동우는 아무 말도 내뱉지 않았다. 내가 말한 모든 것이 마치 사실이라는 듯 투명한 갈색 눈동자가 위태롭게 흔들렸다.

"아니야. 그냥 알고 싶었어. 그런데 알 방법이 없었어."

"그걸 말이라고 해? 알고 싶다 해서 소개해 준 거잖아. 그런데 알 방법이 없었다니."

변명을 하려거든 좀 앞뒤가 맞는 말을 했으면 좋겠다. 차라리 말투나 성격을 걸고 넘어졌다면 조금은 이해하려 노력해 볼 것이다. 이렇듯 제멋대로인 새낀 줄 알았다면 덩치들한테 짓밟혔을 때 절대 아는 척하지 않았을 것을. 물론 지금도 늦지 않겠지만. 나는 녀석의 멱살을 꽉 움켜잡았다.

"앞으로 절대 내 앞에 알짱거리지 마라. 그땐 그 새끼들이 아닌 내 손에 죽을 테니까."

거칠게 밀어내자 동우가 비틀거렸다. 그래도 학교에서 유일하게 말이 통하는 녀석이라 믿었다. 처음으로 성하를 소개해 줄 만큼 괜찮은 친구라 여겼다. 그런데 이 모든 것이 초봄의 눈처럼 흔적도 없이 사라져 버렸다. 망치로 맞은 것처럼 가슴이 욱신거렸다. 안 그래도 엄마 때문에 머릿속이 터져 버릴 것 같은데 이 녀석까지 도와주니 고마워 죽을 지경이다. 나는 뒤돌아 성큼성큼 걸음을 옮겼다.

"알고 싶은 건 사실 성하가 아닌 너였어."

쩌렁한 목소리에 두 다리가 저절로 멈춰 섰다. 바람이 차가웠다.

귓불이 얼얼해질 만큼 싸늘한 날씨였다. 그래서 환청이 들렸는지도 모르겠다. 나는 동우를 향해 천천히 몸을 돌려세웠다.

"내가 궁금한 건 바로 노을이 너였어. 아주 오래전부터, 네가 나를 몰랐던 1학년 **때**부터…… 나는 줄곧 네가 궁금했어."

하늘은 어느덧 노을을 거두어 버렸다. 어둠 속에서 동우의 창백한 얼굴이 해끔하게 빛났다.

편의점에서 나오자 의자에 앉은 동우가 보였다. 이제 좀 진정이 된 듯 녀석이 지친 한숨을 내쉬었다. 두 눈이 충혈되고 코끝이 빨간 건 비단 추운 날씨 때문만은 아닐 것이다. 나는 파라솔 테이블 위에 캔 커피를 내려놓았다. 요즘 들어 밖에서 캔 커피를 마시는 일이 꽤 자주 일어난다.

"마셔."

동우가 멍한 시선으로 캔 커피를 내려다보았다. 텅 빈 두 눈 속에 어둠이 차올랐다. 붉은 입술 끝에 서글픈 미소가 매달렸다.

나는 의자를 끌어내 털썩 맞은편에 주저앉았다. 손에 쥔 커피는 따뜻했지만 가슴은 차갑게 식어 갔다. 내 시선이 동우의 창백한 얼굴에 닿았다.

"입학하고 너를 처음 보는 순간 자꾸만 눈길이 갔어. 2학년 교실 문을 여는데 창가에 앉아 있는 네 모습이 보였어. 상처에 소독약을 바른 듯 가슴이 싸하게 아려 오더라. 내가 애들한테 짓밟힐 때

나를 도와준 사람이 너였잖아. 네 목소리를 듣는 순간 온몸의 감각마저 사라져 버리는 것 같았어. 진짜 아픈지도 몰랐다고. 그래, 나 너 좋아해. 친구 이상으로……. 네가 나를 이상하게 생각해도 어쩔 수 없어. 나도 이런 내가 싫어. 네 손끝만 닿아도 긴장하고 흠칫 놀라는 바보 같은 내 모습이 짜증 나 견딜 수가 없다고.

처음에는 그럴 리 없다고 몇 번을 도리질 쳤어. 우리 형은 여자 친구 잘만 사귀는데 나는 왜 이럴까. 어디 고장 난 게 아닌지. 뭐가 문제인지. 아이돌 그룹도 좋아해 보려 노력했고, 예쁜 연예인 사진도 벽에 빼곡하게 붙여 놨어. 사랑에 관한 책, 영화, 애니메이션, 심지어 논문까지 찾아 읽었어. 정말 별 미친 짓을 다 해 봤다고. 하지만 안 돼. 무슨 짓을 해도 가슴이 뛰질 않아. 아무 감정도 들지 않고. 감각조차 마비된 기분이야. 그런데 학교에서 너를…… 너를 볼 때면 자꾸만 가슴이……."

놀이터에서 동우는 풀썩 그 자리에 주저앉았다. 짙은 어둠 속에서도 볼 수 있었다. 툭툭 바닥에 떨어지는 빗방울들을. 녀석은 오랫동안 울고 또 울었다. 저 강파른 몸에서 어쩌면 저리 많은 눈물이 들어 있었을까? 의심될 만큼 끊임없이 울음을 토해 냈다. 그건 어쩌면 눈물이 아닌지도 몰랐다. 지금껏 동우가 꾹꾹 눌러 담은 진심이었고, 누구에게도 꺼내지 못한 참 모습이었을 것이다. 나는 그제야 모든 것이 이해되기 시작했다. 창밖을 바라보던 공허한 눈빛과 쓸쓸한 미소, 내 손끝만 닿아도 흠칫 놀라던 이 모든 것이 무엇을 의미했는지 말이다. 함께 있어도 동우는 늘 외로워 보였다. 그 이유가 정작 나 때문이었다니. 그 사실을 쉽게 받아들일 수 없었다.

"뭐냐? 켈리그린 자야 좋아한다며."

동우가 피식 헛웃음을 내뱉었다.

"우리 형이 좋아해. 그리고, 나는 좋아한다고 말한 적 없어. 그냥 네가 넘겨짚은 거지."

동우는 나로 인해 훨씬 더 외로웠겠구나. 그런 생각이 들자 차마 녀석을 똑바로 바라볼 수 없었다. 내 시선이 깨져 버린 보도블록 위로 떨어졌다.

"더럽다고 침이라도 뱉고 갈 줄 알았는데."

동우가 힘없이 말했다.

"날 그렇게밖에 생각 못 했구나?"

녀석이 천천히 고개를 들었다. 나는 캔 커피 뚜껑을 땄다.

"그거라도 한 입 마셔. 너 기운 죄다 빠졌잖아."

"많이 놀랐지?"

아니라면 거짓말일 것이다. 친구였던 녀석이 어느 날 갑자기 나를 그 이상으로 생각한다면, 더욱이 고백해 온다면 "아, 그렇구나" 하고 쉽게 받아들일 만큼 사회가 아직 개방적이진 않으니까. 동우의 시선에 기묘한 기분은 느낀 적이 있었지만 어디까지나 내 착각이라 생각했다. 누군가 동성애를 이야기할 때면 나는 아무 말도 하지 않았다. 나와는 상관없는 일이라 믿었으니까. 함부로 왈가왈

부할 수 있는 자격이 없다 생각했다. 내가 가장 싫어하는 일 중 하나가 남을 쉽게 평가하고 재단하는 것이었다.

그러나 그 역시 또 다른 편견이란 생각이 들었다. 나는 이성애자이기에 그들과는 상관없다고 미리 선을 그어 버렸다. 그 자체가 마음 깊숙한 곳에 차별이란 막을 깔아 놓았단 뜻이다. 비록 가치관이 달라도 내 삶에 어떤 모습으로든지 함께 어울릴 수 있단 생각은 미처 하지 못했다. 이렇듯 가장 가까이에 있었는데 전혀 눈치채지 못했다. 알아채려는 노력조차 하지 않았다.

동우의 투명한 시선이 캔 커피 속으로 스며들었다.

"정말 미안해. 너도 성하에게도."

나는 말없이 커피를 마셨다. 오늘 이야기할 사람은 어쩐지 내가 아닌 것 같았다. 고개를 들자 꽃집을 장식한 꼬마전구가 깜빡거렸다. 올해는 작년보다 몇 배 더 분주하고 정신없는 연말연시가 되지 않을까? 문득 엉뚱한 생각이 들었다.

"커피 식어. 뚜껑 땄으니까 한 입 마셔."

동우가 커피 한 모금을 삼켰다. 하얀 목울대가 꿈틀거렸다. 편의점 불빛 아래 갈색 눈동자가 일렁였다.

"너랑 성하 누가 봐도 사귀는 사이 같았어. 너는 나와 다르니까. 여자 친구가 있다는 것에 괜한 충격을 받을 필요는 없겠지. 그런데 그런 사이 아니라고 극구 부인하잖아. 정말일까? 싶은 생각이 들었어. 나도 모르게 성하 이야기가 제멋대로 튀어나왔는데, 바로 후회했어. 말도 안 되는 소리니까. 하지만 너무 늦어 버렸지. 뒤늦게 차마 그냥 한 말이라는 소리가 나오지 않더라."

여기까지 말한 녀석이 길게 한숨을 내쉬었다.

"솔직히 궁금하긴 했어. 그렇게 오랜 시간 친구로 지냈다면 성하는 내가 모르는 너에 대해 많이 알고 있지 않을까? 그런 호기심이 생겼거든. 너도 네 이야기 하는 거 썩 좋아하지 않잖아."

동우가 천천히 고개를 내저었다.

"그래, 맞아. 어떤 변명도 용서될 수 없어. 성하를 이용한 것밖에 되지 않아. 쓰레기 같은 짓을 한 거야. 노을이 네가 화내는 것도 당연해. 차라리 네가 시원하게 밟아 주기를 바랐어. 너한테 맞으면 오히려 마음이 편할 것 같았거든."

"네가 지금보다 딱 5킬로만 더 쪘으면 진짜 네 말대로 했을 거야."

녀석이 손끝으로 캔 커피를 어루만졌다.

"전에 점심 먹으면서 평범한 사랑이라는 말이 나왔을 때. 턱 하고 숨이 막혔어."

그 순간 문득 사레들려 콜록거리던 동우가 떠올랐다. 평소답지 않게 꾸역꾸역 햄버거를 밀어 넣더니 괜한 화풀이가 아니었구나. 차마 할 수 없는 이야기를 집어넣으려 했나 보다.

동우가 고개를 들어 나와 시선을 맞추었다.

"네 눈에 나는 절대 평범해 보이지 않지?"

나는 명백한 이성애자다. 동성을 보며 가슴이 뛰거나 얼굴을 붉힌 적도 없다. 물론 성하와는 동성 못지않게 지내지만 그렇다고 다른 이성에까지 감정이 없는 건 전혀 아니다. 텔레비전에 나오는 연예인을 넋 놓고 본다거나, 편의점 누나의 지극히 공적인 미소에 귓불이 붉어진 적도 있었다. 비록 그렇다 한들…….

"세상 모든 사랑이 특별하다고 말한 건 너잖아. 남에게 상처 주지 않는 한, 세상에 나쁜 사랑은 없다고 말한 사람도 너고."

동우의 두 눈에 또다시 눈물이 고였다.

"다만 아픈 사랑은 있겠지."

또 다른 사랑이 잘못되었다 생각지 않는다. 동우가 가려는 길은, 풀 한 포기 나지 않는 사막인지도 몰랐다. 선택의 문제가 아니었다. 동우 스스로도 어쩔 수 없었던 것이다. 자신이 갈 수 있는 길이 오직 한 길임을 알기에. 동우라고 왜 더 편하고 좋은 길을 마다하고 싶을까? 하지만 아무리 등을 떠밀어도 그 길에 올라설 수가 없었다. 선택으로 바뀔 수 있는 상황이라면 동우 역시 혼자 힘들어하지 않았을 것이다.

"한 가지만 물어봐도 돼?"

동우가 고개를 끄덕였다.

"왜 나야?"

녀석의 입가에 씁쓸한 미소가 지나갔다.

"내가 인터넷카페 하나 말한 적 있지? 그 카페가 뭔지는 대충 눈치챘을 거야."

동우의 표정이 어쩐지 편안해 보였다. 언젠가 책에서 읽은 기억
이 난다. 벽장 속에서 나오는 걸 커밍아웃이라 한다고. 이제 동우
역시 벽장 밖으로 한발 내딛었다. 많이 힘들었겠지만 조금은 후련
하지 않을까 싶다. 나는 말없이 커피를 삼켰다. 쌉싸래한 향이 온
몸으로 빠르게 퍼져 나갔다.

그 카페는 같은 고민을 가진 사람들이 모인 곳이었다. 10대도 많
았고, 결혼까지 했음에도 뒤늦게 성 정체성에 혼란을 느끼는 사람
도 있었다. 제법 큰 카페이다 보니 지역마다 커뮤니티 게시판이
개설되었는데, 동우는 우연히 사한에서 카페를 한다는 한 남자의
글을 읽게 되었다.

오늘 친구에게 커밍아웃을 했습니다. 많이 놀란 눈치였지만 그래도
이해하더군요. 그 녀석이 물었습니다. 혹시 자기에게도 그런 감정을
느낀 적 없느냐고. 처음에는 무슨 말인지 전혀 이해하지 못했는데, 나
중에야 그 의미를 알고 허탈하게 웃었습니다.

오랜 친구에게 그런 질문을 받을 줄은 전혀 몰랐거든. 오히려 제
가 더 당황했죠. 그 친구에게 딱 한마디 했습니다. "너는 이성애자니
까 여자면 다 좋아?" 다행히 바로 알아듣네요. 술을 참 많이 마셨는
데, 이상하게 취하지 않더라고요. 무조건 남자라서 좋은 게 아니잖아
요. 이 당연한 사실을 사람들은 왜 모를까요?

동우는 글쓴이에게 쪽지를 보냈다. 자신도 사한에 산다고 그렇게 몇 번의 쪽지가 오가고 나서 남자가 동우를 카페로 초대했다. 손님이 뜸한 시각이면 두 사람은 마주 앉아 속마음을 나누었다.

"아저씨가 카페에 남긴 글 보고 생각이 많아졌어요. 사실 저도 왜 자꾸 마음이 가는지 모르겠어요. 그냥 그 녀석이라서 좋은 것 같아요."

이것이 내 질문에 대한 동우의 답변이었다. 그래, 누군가를 좋아하는 데 딱히 이유는 없겠지. 그냥 그 사람이라서 좋은 거다. 그것은 비단 동우도 다르지 않았다. 녀석은 내가 나이기에 좋은 거였다. 어쩌면 성빈이 형도 마찬가지가 아닐까. 형이라고 일부러 험난한 길을 가고 싶진 않을 테니까. 원한다면 얼마든지 더 편한 길로 갈 수 있는데. 하지만 차마 그럴 수 없었다. 자신이 갈 수 있는 길은 오직 하나뿐임을 깨닫게 되었으니까.

"앞으로는 학교에서 너 알은척 안 할게. 원한다면 다른 애들한테 말해도 상관없어. 어차피 내가 먼저 너를 속였고 이기적인 짓도 서슴지 않았으니까. 그에 따른 대가는 충분히 각오하고 있어. 나는 그런 일 당해도 싼 놈이야."

동우가 힘없이 말했다. 나는 한입에 커피를 털어 넣었다.

"네가 불편하다면 그래도 되는데. 나는 굳이 그러고 싶은 생각은 없어. 내가 살면서 가장 많이 들은 말이 뭔 줄 아나?"

동우가 얼굴에 물음표를 그려 넣었다.

"바로 성하 그 자식이랑 그렇고 그런 사이라는 소리. 분명 둘 중 하나는 고백한다는 헛소문 말이야. 야, 남녀는 무조건 연인이 된다는 게 뭔 이 세상 공식이야? 세상에 얼마나 변수가 많은데 8 나누기 2처럼 딱 값이 떨어지는 줄 아느냐고."

나는 말을 멈추고 동우를 바라보았다.

"세상에는 담임이 침 튀기며 주장하는 평균이라는 건 없어. 얼마나 복잡하게 얽히고 꼬였는데. 네가 나를 어떻게 생각하든 나는 그냥 너를 전과 똑같은 친구로 생각할 거야. 그럼 나 너무 이기적인 건가? 너 많이 힘들게 하는 거야?"

내 말에 동우가 크게 고개를 내저었다.

"아니야. 나 너한테 아무 욕심 없어. 그냥 너와 친해진 것만으로도 너무 행복했어. 그런데 그만 나도 모르게 너에게 괜한 욕심을 부렸나 봐. 그래서……."

"그래서 뭐, 덕분에 시원하게 다 내뱉었지."

세상은 이리저리 뒤엉켜 있다. 사람들의 서로 다른 모습들처럼 말이다. 삶에 정말 고속도로가 존재할까. 남들 눈에는 잘 닦인 길로 보여도 정작 그 위에 선 사람에게는 미로로 느껴질 수도 있을 테니까.

그 순간 문득 한 가지 생각이 떠올랐다. 잠시 망설인 끝에 나는 조심스레 입을 열었다.

"너 혹시 말이야. 남한테 신세 지기 싫어하는 거."

신세? 동우가 되물었다. 나는 괜스레 목 뒤를 어루만졌다.

"전에 짜장면값도 그렇고. 같이 햄버거 먹을 때도 그랬잖아. 내가 산다고 해도 끝까지……."

슬쩍 얼버무리자 녀석이 힘없이 웃었다. 뭔지 알겠다는 눈빛을 보니 내 생각이 맞지 싶다.

"신세라기보다는 혹여 누군가 내 비밀을 알았을 때 괜한 오해는 사고 싶지 않아서. 그런 생각이 엉뚱한 강박을 만들었나 봐. 사람들은 어느 한 부분을 보고 전체를 파악하려는 경향이 있잖아. 나하나 때문에 나와 비슷한 사람들은 다 그럴 것이다, 말도 안 되는 선입견을 심어 주기 싫거든. 쓸데없이 뒷말 나오는 것도 싫고."

동우가 말을 멈추고는 테이블을 내려다보았다.

"물론 그 이유가 전부는 아니지만 내 위치에서 할 수 있는 한 최선을 다하고 싶었어. 지금은 아무래도 공부겠지? 언젠가는 식구들도 알게 될 텐데, 내가 남들과 조금 다르다는 것이 내 삶에 커다란 문제를 일으켰다는 오해는 받고 싶지 않거든."

시를 읽듯 동우가 천천히 입을 열었다. 조심스러운 말 한마디마다 얼마나 많은 의미가 들어 있는지 알 것 같았다. 내가 처음 동우에게 시선이 머문 건 괜한 싸움에 휘말려서도, 녀석의 눈빛이 기묘해서도 아니었다. 동우와 나에게는 비슷한 교집합이 존재한다는 것을 느꼈기 때문이었다. 두 사람 모두 다름이 혹여 틀림이 될까 조심했으니까. 하지만 꼭 그럴 필요가 있을까. 동우가 벽장 속에서 스스로 걸어 나왔듯, 우리를 둘러싸고 있는 것들에서 벗어날 때가 되지 않았나 싶다. 자신과 다르다 생각한 타인과도 미묘한 교집합을 만들며 살아가는 게 인간이니까.

"고마워."

동우가 떨리는 목소리로 말했다.

"나도."

나는 톡톡 녀석의 손을 다독였다. 이제 동우가 조금 덜 외로워하길, 나와 함께 있을 때는 공허한 눈빛을 지워 버리길 바란다. 나는 녀석을 향해 싱긋이 웃었다.

제5 계절

"사실 처음 너랑 길에서 우연히 만났을 때 나를 보는 눈빛이 뭔가 싸했거든. 경계 가득한 시선이었다고나 할까? 솔직히 '얘, 뭐야' 싶을 정도였다니까. 우리 가게 찾아왔을 때도 그랬어. 딱 마주쳤는데 또 그 눈빛이더라. 그랬던 동우가 너를 보는 순간 정말이지 환하게 웃는 거야. 사실 그때까지도 그냥 친구가 반가워서 그런가 보다 했어.

노을이 네가 말한 소개팅 상대가 동우라는 사실을 알았을 때 진짜 의아했어. 그렇게 찌릿한 눈빛으로 보더니 나한테 호감이 있다고? 전혀 믿을 수가 없는 거야. 그래서 오히려 더 만나 보고 싶었지. 과연 무슨 생각으로 나를 소개해 달라 했는지 알고 싶었거든.

처음에는 일반적인 이야기로 시작했어. 시험은 잘 봤냐? 어떤 장르의 영화나 음악 좋아하느냐? 아르바이트는 언제부터 시작했느냐? 그런데 한참이 지나자 동우 입에서 계속해서 네 이야기만 흘러나오는 거야. 뭐, 너에 대한 질문들이라고 보면 맞겠지. 내가 너랑 초등학교, 중학교도 같이 나왔다고 했으니까. 그 시절의 너에 대해 많이 묻더라. 그때 알았어. 동우가 나를 만나려 하는 진짜 이유가 뭔지. 하지만 차마 너에게는 사실대로 말할 수 없었어. 그건 내가 함부로 말하면 절대 안 되잖아.

나 기분 나쁘지 않아. 조금은 눈치채고 나간 자리였으니까. 그냥 동우와 네 이야기를 하면서 많이 안타까웠어. 애써 웃고 있지만 지금 동우 마음이 어떨지, 얼마나 힘들지 어렴풋하게나마 상상이 갔거든. 우리 집까지 바래다주면서 몇 번이나 망설이더라. 뭔가 말해야 한다고 생각했을 거야. 그래서 내가 먼저 말했어. 오늘 즐거웠고 나는 정말 괜찮다고 말이야. 그 말뜻을 동우도 알아들었을 거야. 내가 그 아이의 마음을 이해했듯이."

눈치 빠른 녀석이라는 건 익히 알고 있었다. 하지만 이토록 예리할 줄은 미처 생각지 못했다. 하긴 그랬으니 엄마와 성빈이 형의 사이를 미리부터 의심했겠지. 뜻밖에도 성하는 동우의 비밀을 눈치챈 상태였다.

어쨌든 동우와의 오해는 그럭저럭 마무리되었다. 비록 충격은 받았지만 덕분에 녀석을 조금 더 이해할 수 있게 되었다. 더 이상은 동우의 목덜미를 함부로 낚아채거나 무릎을 베개 삼아 누울 일은 없을 것이다. 내가 아무리 성하와 허물없이 지낸다 해도 결코 함부로 대할 수 없는 것처럼. 동우에게도 그런 예의를 지켜야 했다. 비록 그렇다 한들 동우는 여전히 나에게 좋은 친구다. 세상은 절대 객관식 문제가 될 수 없다. 단 하나의 정답이 존재하는 곳이 아니란 뜻이다.

동우와 헤어진 후 나는 집으로 돌아왔다. 그렇게 평소처럼 엄마의 상품 포장을 도왔다. 묵묵히 일하는 엄마는 조금의 변화도 보이지 않았다. 분명 형이 부모님께 이야기했다고 했는데. 아줌마가 득달같이 달려와 한 소리라도 할 줄 알았다. 물론 진짜 그랬다면 나는 당당히 소리쳤을 것이다. 대체 왜 뭐라 하느냐고 말이다.

"어머! 아들, 여기 머리핀 꽂고 사진 올린 거 봐. 너무 예쁘다, 그렇지? 이렇게 직접 사진까지 보내 주는 손님 정말 고마워. 대충 바쁜 거 끝나면 착용샷 이벤트라도 기획해야겠어."

엄마가 모니터를 보며 콧노래를 불렀다. 아줌마가 전화 정도는 하지 않았을까. 적어도 형과의 관계가 사실인지 확인하고 싶었을 테니까. 아무리 폭풍 전야라 해도 너무 고요하지 않은가? 결국 엄마에게는 아무것도 묻지 못했다. 조금 더 이 사태를 지켜보자는 생각이 들었다. 혹여 또 모를 일이다. 일요일이 되면 어떤 말을 듣게 될지도.

다음 날 아침 나는 평소보다 일찍 출근했다. 아저씨는 장사 준비에 바빴고, 성하는 홀 청소에 분주했다.

"뭐 하냐, 노을아. 왔으면 빨리 양파 까고 감자 좀 부지런히 깎아라."

나는 앞치마를 허리에 두르고는 양파를 까기 시작했다. 껍질은 쉽게 벗겨지는데 내 궁금증은 도무지 벗겨질 생각을 못 했다. 나는 장남이 사랑하는 여자의 아들이었다. 아저씨가 절대 반가운 눈빛으로 볼 수 없었다. 그럼에도 아저씨는 평소와 변함이 없었다. 그러니 어쩔 수 있겠는가. 늘 하던 대로 착착착 양파 껍질을 벗겨낼 수밖에.

오후가 되자 손님들이 한차례 휘몰아쳤다. 나는 주방에서 홀로, 홀에서 상가들로 뛰어다녔다. 밖의 기온과 상관없이 주방 온도는 사시사철 40도를 오르내렸다. 이미 속옷까지 땀으로 흠뻑 젖어 있었다. 그럴 때면 오히려 기분이 좋았다. 노동의 신성함을 맛보았다고나 할까? 몸은 불속에 던져진 플라스틱처럼 녹아내리지만 정신은 맑았다.

마지막 손님이 돌아가자 성하가 빈 그릇들을 건네주었다. 깨끗이 비운 짬뽕 그릇을 본 아저씨 얼굴에 흐뭇한 미소가 번져 나갔다. 갑자기 녀석이 주방을 향해 큰 소리로 말했다.

"요 앞에 내 친구 왔어. 잠깐 만나고 와도 되지? 아빠도 맨날 점심 장사 끝나면 나가잖아. 나 밥 먹고 와요."

성하가 앞치마를 벗어 던지고는 급히 가게를 빠져나갔다.

"우리도 얼큰한 속풀이 짬뽕 한 그릇씩 먹을까?"

커다란 무쇠 웍이 불 위에서 덜거덕거렸다. 코끝으로 알싸한 고추기름 냄새가 풍겨 오고 아저씨의 몸동작에 맞춰 불꽃이 활활 춤을 췄다.

잠시 뒤 짬뽕 두 그릇이 테이블 위에 놓였다. 나는 의자를 끌어내 아저씨와 마주 앉았다. 한입 가득 빨아 올린 짬뽕은 얼큰하고 달달했다. 강한 화력에 볶아 낸 채소와 해물에는 진한 불향이 남아 있었다. 늦은 점심에 허기가 밀려들었다. 나는 정신없이 면을 빨아들였다.

"내가 왜 배달 안 하는 줄 아냐?"

나는 꿀꺽 면을 삼켰다. 아저씨가 눈가의 주름을 접으며 허허 웃었다. 그 웃음이 어쩐지 스산하게 느껴졌다. 움푹 파인 두 눈이 가만히 짬뽕 한 그릇을 내려다보았다.

아저씨가 사한으로 내려오기 전에 더 큰 도시에서 중국집을 열었다는 건 성하에게 들어 알고 있었다. 그 시절 아저씨의 중국집은 음식 맛이 좋고 빠른 배달 서비스로 소문이 자자했다. 중식 특성상 조금만 늦어도 면이 불어 버렸다. 음식이 나오기 무섭게 배달원들은 오토바이에 시동을 걸었다. 네다섯 명의 배달원으로는 부족할 정도로 주문 전화는 끊임없이 울려 댔다.

"배달원을 구한다는 광고를 보고 한 녀석이 찾아왔어. 머리는 노랗게 물들이고 귀에는 뭔가 잔뜩 치렁치렁한 것들을 달고 왔더구나. 어떤 놈인지 딱 감이 왔지. 이런 녀석 잘못 들였다가는 오토바이 채로 사라질 수도 있으니까. 그런데 그 녀석이 먼저 치고 나오더라. 오토바이 가지고 튈 생각 전혀 없으니 안심하라고. 그 말에 허를 찔린 기분이었지. 보아하니 전에도 오토바이 좀 탔던 녀석인 것 같은데, 어째 이곳 지리는 잘 알겠구나 싶었어."

아저씨의 예상은 적중했다. 그는 누구보다 빠른 스피드를 자랑했다. 골목골목 지름길을 꿰뚫었고 한번 다녀온 집은 절대 잊지 않았다. 주문 들어온 음식과 시간만 보고도 어디인지 귀신같이 알아맞혔다. 그러던 어느 날이었다. 그가 홀에서 책을 보는 다른 배달원을 보고는 아저씨에게 물었다.

"저 형은 뭔데 틈만 나면 책을 보냐고 묻더구나. 대학생이라 그랬지. 그 말을 듣더니 놈이 화들짝 놀라지 뭐냐. 단순한 녀석이 말이다. 배달은 다 자기 같은 사람만 하는 줄 알았다는 거야."

너 같은 사람이 대체 누구냐는 질문에 그가 어린 시절을 고백했다. 태어나자마자 부모에게 버림받고 할머니 손에서 자랐다고 했다. 가난과 낮은 자존감을 안은 채, 중고등학교 때는 내내 따돌림까지 당했다. 그는 자신에게 남은 건 세상에 대한 악밖에 없다고 했다. 처지가 비슷한 친구들과 어울리는 것이 유일한 삶의 낙이라 했다.

"너 내가 공부시켜 줄게, 대학 한번 가 볼래? 낮에 배달 일 하고 밤에 학원 다녀라 했지. 그 녀석 두 눈을 휘둥그레 뜨더라. 그 멍한 얼굴이 지금까지도 또렷해. 동정이었는지도 모르겠어. 어쩌면 녀석의 비상한 머리가 아까웠는지도 몰라. 한번은 홀에 단체 손님이 몰려들었는데 그 많은 주문을 적지도 않고 고스란히 외우더라니까. 그리고 정확하게 손님에게 내주는 거야. 와! 저 녀석 진짜 보통이 아니다 했지.

배달이 빠른 이유도 있었어. 머릿속에 모든 거리가 사진처럼 고스란히 저장되어 있는 거야. 인간 네비게이션이 따로 없었다. 암산은 또 얼마나 잘하던지 계산기 두드리는 것보다 훨씬 빨랐다니까."

두 사람 사이에 끈질긴 설득이 오고 갔다. 그는 결국 아저씨의 바람대로 입시 학원에 다니게 되었다. 그러고는 가뭄에 지친 나무가 단비를 만난 듯 세상의 모든 지식을 빨아들였다.

"아무도 괴롭히지 않고 때리지 않으니 이제야 책이 눈에 들어온다고 하더라. 자신을 패배자라 스스로 낙인찍었던 녀석이 변하기 시작했다. 괴상한 머리 스타일도 단정하게 바뀌고 툭하면 내뱉던 욕설도 사라졌어. 술과 담배도 끊고 오직 낮에는 배달, 밤에는 공부만 했지. 그런 녀석이 얼마나 기특하고 대견하던지."

다음 해 그는 당당히 대학에 입학했다. 하지만 학업을 위해 가게를 그만둘 수밖에 없었다. 아저씨는 그 누구보다 그의 새로운 삶에 열렬한 응원을 보냈다.

"그 녀석이 가 버리니까. 당장에 배달이 밀리기 시작하더라. 그

놈을 대신해 새로 들어온 녀석이 영 길눈이 어두운 거야. 그즈음 동네에 큰 중국집까지 새로 오픈을 했어. 마음이 다급해지기 시작했지. 아무리 맛있게 만들어도 배달이 늦으면 그저 불어 터진 면밖에 되지 않아. 너도 알다시피 중국집 대부분의 수입이 배달이라 해도 과언이 아니잖아."

그러던 어느 날, 그가 약속도 없이 불쑥 가게로 찾아왔다.

"녀석이 와서 자랑을 해. 드디어 내일 엠티를 간다고. 원래 그 녀석 꿈이 대학 입학해서 엠티 가는 거였거든. 얼마나 좋아하던지 귀에 걸린 입이 도통 내려올 줄 모르더라."

아저씨의 반가움은 이루 다 말할 수 없었다. 하지만 그날따라 배달이 밀려들었다. 오랜만에 찾아온 그에게 짜장면조차 만들어줄 수 없을 만큼 바쁜 날이었다.

"배달이 들어왔는데 처음 주문한 곳이야. 더욱이 음식도 많이 시켰어. 오랜 단골 관리도 중요하지만 무엇보다 첫 배달에 신경 써야 해. 스타트를 망쳐 버리면 두 번 다시 주문을 안 하게 되니까. 거리가 사뭇 멀었다. 그 순간 나도 모르게 그 녀석에게 말했지. '너 여기까지 지름길 알고 있지? 이거 첫 배달인데 한 번만 부탁한다'고 말이야."

그는 재빨리 벽에 걸린 헬멧을 낚아챘다. 중국집 경험이야 차고 넘쳤다. 첫 배달이 얼마나 중요한지는 주인인 아저씨만큼이나 잘 알고 있었다. 음식이 만들어지기 무섭게 그가 오토바이에 시동을 걸었다.

그 이야기를 끝으로 아저씨는 한동안 입을 열지 못했다. 짬뽕은 이미 퍼질 대로 퍼져 국물이 사라져 버렸다. 아저씨의 입가에 스산한 바람이 지나갔다.

"엠티를 제법 먼 곳으로 간다고 좋아하더니……. 평생 소원인 엠티 한 번 못 가 보고 더 먼 곳으로 떠나 버렸다. 그깟 배달이 뭐라고, 그깟 시간이 뭐라고. 간절했던 소원을 눈앞에 두고 그 어린 녀석이 한순간에……."

아저씨가 꿀꺽 마른침을 삼켰다. 그 소리가 너무 크게 들려 온몸이 뻣뻣해졌다. 똑똑 주방에서 물방울이 떨어졌다. 침묵이 그토록 무겁다는 것을 나는 난생처음으로 경험했다.

"지름길…… 너무 빨랐다. 너무 빨리 가 버린 길이 되었어."

골목을 달리던 오토바이는 공사장에서 튀어나온 트럭과 정면으로 부딪혔다. 그의 나이 고작 스물셋에 일어난 사고였다. 대학에 입학한 지는 채 두 달이 되지 않았다.

비로소 모든 것이 이해되었다. 아저씨가 배달하지 않는 이유를. 무엇을 하든 늘 느긋하고 태평하기만 한지도 알게 되었다. 아저씨는 싫었던 것이다. 사람들이 말하는 지름길이 너무 끔찍했을 것이다. 두 번 다시 그 길 위를 달리고 싶지 않을 테니까.

움푹 파인 두 눈이 가만히 내 얼굴을 어루만졌다.

"사람들이 나보고 성공했다 그랬어. 곧 건물을 올릴 거라 했지.

솔직히 자신 있었다. 더 큰 성공이 눈앞에 보이는 것 같았거든. 그게 얼마나 어리석은 욕망이었는지 깨달았을 땐 너무 큰 값을 치러야 했다. 너무 아프고, 너무 고통스러운 대가 말이야."

술을 마시듯 아저씨가 물 한 컵을 쓰게 비워 냈다.

"남들이 정말 중요하다는 것, 있어야 하고 이뤄야 한다는 것 말이다. 시선만 달리하면 전혀 중요하지 않거든. 때에 따라서는 길가에 굴러다니는 쓰레기만도 못한 것일 수도 있어."

아저씨의 말 한마디 한마디가 파도처럼 밀려왔다 멀어졌다. 내 가슴속 어딘가를 차갑고 부드럽게 쓸어 냈다.

"나는 이제 아무런 욕심이 없다. 너무 움켜쥐고 싶지도 않고, 세상이 내 뜻대로 안 된다고 한탄하고 싶지도 않아. 사람들이 말하는 성공 같은 것에 절대 휘둘리지 않을 거다."

점점 더 팽창하는 면처럼 아저씨와 나 사이에 무언가도 조금씩 부풀어 오르기 시작했다. 아저씨가 고개를 들고는 나를 향해 편안한 미소를 지었다.

"그건 말이다. 내 아들 성빈이에게도 마찬가지다. 물론 그 녀석 엄마야 아직 욕심이 남아 있겠지만, 그건 내가 차차 이해시킬 테니 걱정 마라. 세상에 자식 이기는 부모 없다 안 하냐? 성빈이가 그 길이 좋다고 하는데 더 이상 뭐가 필요해, 안 그러냐?"

아저씨가 하고 싶은 말은 바로 이것이었다. 이 한마디를 위해 꽁꽁 감춰 두었던 상처를 내보인 것이다. 아저씨의 미소에 이상하게 눈물이 차올랐다. 고개를 숙이자 테이블 위로 툭 눈물 방울이 떨어졌다. 당장에 안 된다며 화를 내고 엄마를 닦달할 줄 알았다. 그러나 이 모든 걱정은 내 어리석은 기우에 지나지 않았다. 아저씨는 아들의 결정에 고개를 끄덕여 주었다. 더 평탄한 길 위로 올라서라 채근하지 않았다. 그것이 어떤 결과를 가져왔는지 아픈 경험으로 알게 되었으니까.

눈물이 뚝 테이블을 적셨다.

"짬뽕이 그리 맵냐?"

귓가에 호탕한 웃음소리가 들려왔다. 나는 고개를 들지 못했다. 아저씨가 만들어 준 짬뽕이 너무 매워서, 아리고 아파서 그렇게 한참을 고개 숙여 울었다.

"엄마는 많이 놀랐지. 토르의 망치로 세게 뒤통수를 얻어맞은 얼굴이었거든."

성하가 치즈케이크를 오물거리며 말했다. 나는 카페 유리문 밖을 바라보았다. 한 해가 저물어 가고 있었다. 새해가 되어도 변치 않는 것들이 있다. 짜장짬뽕집은 여전히 배달하지 않을 것이며, 지혜공방에는 자신만의 액세서리를 갖기 위해 사람들이 찾아올 것이다. 동우와는 좋은 친구로 남을 것이며, 주말이면 나는 동네 허름한 중국집으로 출근할 것이다.

"너도 알다시피 우리 엄마, 오빠한테 기대한 게 많았으니까."

성하가 말을 멈추고는 깜짝 놀라 손사래를 쳤다.

"그러니까 나는 그냥 엄마들의 평균 바람을 말하는 거야. 절대 너희 엄마가 기대에 못 미쳤단 뜻이 아니야. 알지? 내가 무슨 뜻으로 한 말인지. 야, 최노을! 기분 나빴어, 엉?"

더불어 아침이면 박성하 이 녀석이 쾌변을 봤는지 안 봤는지 대장과 괄약근에 관한 솔직한 브리핑을 계속해서 들을 것이다.

"아줌마야 많이 놀라셨겠지."

"물론 아빠의 든든한 지원사격은 있겠지만 우리 집도 엄마의 전투력이 아빠보다 훨씬 앞서거든. 엄마 때문에 두 사람 조금 힘들지 몰라. 가장 좋은 방법은 내가 확 일탈해 버리는 건데, 그럼 엄마의 관심이 나에게 집중될 것 아니야."

나는 레몬티 한 모금을 마셨다. 은은한 향이 입 안 가득 부드럽게 퍼져 나갔다.

저녁은 성하와 약속이 있다며 엄마에게 전화했다. "포장 작업 도와주기 싫구나? 그래서 성하랑 데이트하는 거야?" 이죽거리는 최지혜 씨에게는 "내가 성하랑 데이트하면 관계가 너무 막장 아니야?" 괜스레 불퉁거렸다. 전화기 너머에서 어색한 침묵이 찾아들었다. 나는 심호흡을 한 뒤 엄마에게 말했다 "축하해. 너무 늦은 인사였지? 엄마 잘하고 있는 거 맞으니까 걱정 마." 잠시 뒤 귓가에 익숙한 음성이 들려왔다. "고마워 아들." 이것이 조금 전 엄마와 나눈 통화의 전부였다.

"엄마, 5년이었어요. 무려 5년 동안 지혜 씨가 나 밀어냈어요. 그런데도 내가 매달렸어요. 내가 필사적이었다고요. 나 진짜 그 사람 아니면 안 될 것 같아요. 내가 안 될 것 같다는데 다른 이유가 왜 더 필요해요."

성하가 허공에 아련한 시선을 던지며 캬, 소리를 내뱉었다.

"우리 오빠지만 정말 멋지지 않냐? 오빠의 그 지극한 순애보에 결국 엄마도 머지않아 두 손 들겠지. 하나밖에 없는 아들이 안 된다는데 무슨 말이 더 필요해, 안 그래?"

"그러니 괜한 핑계로 문제 만들지 마라. 그건 오히려 형을 힘들게 하는 거니까."

형의 눈빛 속에 담긴 간절함이 이것일까? 엄마가 아니면 안 된다는 그 생각. 그랬으니 바보처럼 무려 5년간을 해바라기가 되었겠지.

"오빠가 그러더라. 미친 듯이 공부한 것도 취업에 매달린 것도 다 너희 엄마 덕분이라고. 너희 엄마가 현실에 충실하라고 말해 줘서 정말 순간순간에 최선을 다했다고."

그래, 엄마는 치킨을 먹고 싶어 하는 아들을 보며 미안해하지 않았다. 열악한 환경을 탓하지 않았다. 엄마가 할 수 있는 건 어린 아들에게 더 맛있는 것을 상상하게끔 만들어 주는 것이었다. 엄마는 스스로를 남들과 비교하지 않았다. 자신의 처지를 비관하지도 않았다. 그런 것들이 삶에 아무런 도움이 되지 않는다는 사실을 알고 있었으니까. 엄마의 삶은 결코 평범하지 않았다. 그렇기에 지금의 자리까지 오게 된 것이다.

성하가 나직이 중얼거렸다.

"오빠는 늘 그랬어. 내가 컴퓨터를 엉망으로 만들어도 레포트를 다 날려 먹어도, 화를 내기보단 우선 이야기를 먼저 들어 주려 했어. 그래서 나도 최대한 오빠의 입장에서 보려 했어. 많은 이가 반대할 사랑을 선택한 이유. 왜 그래야만 했는지 말이야. 그랬더니 조금 이해가 되더라. 오빠도 도저히 어쩔 수 없었다는 걸 알게 되었어."

성하도 두 사람 관계로 많이 고민했을 것이다. 세상이 알아주는 오빠바라기이지 않는가. 성하만큼 이 문제를 주목한 사람도 없을 것이다. 겉으로는 태연한 척했지만 녀석도 어지간히 속을 태웠단 뜻이다.

성하가 흘낏 나를 곁눈질했다.

"야, 그러면 이제 너랑 나는 진짜 어떤 사이가 되는 거야?"

사이? 되묻자 녀석이 한쪽 입꼬리를 올렸다.

"너희 엄마랑 우리 오빠 사귀는 거잖아. 혹시 또 몰라, 결혼이라도 하면."

"결혼?"

녀석이 크게 고개를 주억거렸다.

"우리 오빠 알잖아. 세상 진지한 거. 5년이 무슨 지나가는 고양이 이름이냐? 누가 알아, 당장 내년에 결혼 이야기 나올지. 그럼 너랑은 진짜 어떻게 되는 거지?"

엄마와 형이 결혼? 어찌어찌 사귀는 사이로까지 발전했지만 그렇다고 결혼? 물론 가볍게 만나는 사이가 되기를 원하는 건 절대 아니지만 그렇다고 결혼이라니.

"만약 우리 오빠랑 너희 엄마가 결혼하면 너는 우리 오빠 아들이 되는 거네? 그리고."

성하가 까르르 웃으며 손바닥을 맞부딪쳤다. 얼마나 크게 웃었는지 주위 사람들이 흘낏거릴 정도였다. 평소라면 목소리 낮춰라 한마디 했을 텐데, 지금은 머릿속이 뒤엉켜 아무 생각도 할 수 없었다.

"어머머, 네가 우리 오빠 아들이 되면 나는 네 고모가 되는 거네. 그렇지?"

"미친, 말이 되는 소리를 해라."

"맞잖아. 나는 오빠 친동생이야. 그러니 너는 내 조카가 되는 거지."

막장도 이런 개막장을 봤나. 열여섯 차이 나는 엄마야 충분히 그럴 수 있다. 그런데 열 살 차이 나는 아버지와 동갑의 고모라고? 아무리 세상에 평범함과 보통이 없다 해도, 평균과 기준이 사라졌다 해도 이건 좀 너무 앞서가는 것 아닌가? 독창적이다 못해 아주 독보적이잖아.

"연습 삼아 한번 불러 봐. 고모. 응? 고오모님."

매일 아침 쾌변 상황이나 중계하는 것으로 끝내지 고모는 개뿔.

"됐어. 나 집에 간다."

나는 자리에서 일어나 문을 향해 걸음을 옮겼다. 등 뒤에서 들려오는 조카님 소리는 애써 모른 척했다. 밖으로 나오자 서늘한 12월의 바람이 옷깃을 파고들었다. 엄마가 사 준 초경량 패딩처럼 내년에도 모든 것이 가볍게 지나가길 바란다. 물론 그렇다고 엄마와 형 사이가 가볍게 끝나길 바란다는 건 절대 아니다.

세상에 기준이 어디 있고 표준이 어디 있을까? 엄마가 나를 고등학생 때 낳은 게 어때서. 덕분에 친구처럼 세대 차이가 나질 않는데. 살다 보면 나보다 열 살 많은 아버지를 만나게 되는 날도 오지 않겠어? 나를 좋아하는 남자 녀석과 친구가 될 수도 있잖아. 나에게는 이 모든 것이 평범하고 보통인 일상이다.

겨울이 지나면 새봄이 올 것이다. 이른 봄을 느끼는 사람도, 아직 겨울이라 말하는 사람도 있을 것이다. 환절기에는 거리에 다양한 옷차림이 보인다. 여전히 패딩을 입은 사람과 파스텔 톤 봄 재킷을 걸친 사람들 말이다. 그러나 누구도 상대의 옷차림을 이상하게 생각지 않는다. 환절기는 모든 옷이 통용되는 제5의 계절이니까. 나는 세상이 환절기처럼 다양성을 존중하는 사회이길 바란다. 두꺼운 무채색 패딩도, 나풀거리는 파스텔 톤 봄 재킷도 모두가 정답이 되는 세상 말이다.

"감히 고모가 부르는데 버르장머리 하고는. 그렇게 혼자 가면 어떡해. 고모 기다려야지!"

아무리 그렇다 한들, 무려 6년 지기인 저 녀석이 하루아침에 고모가 되는 일은 역시 무리다. 절대 무리. 제5 계절이 되었든 제6 계절이 되었든 그것만은 용납할 수 없다. 나는 성하를 남겨 둔 채 전속력으로 달렸다. 역시 초경량 패딩이 가볍고 따뜻하구나. 시원하고 상쾌한 12월의 밤이 고요하게 흘러가고 있다.

학창 시절 제일 싫어했던 과제는 글짓기와 독후감이었다. 책은 내게 심술궂은 짝꿍과 같았다. 가까이 있지만 절대 친해질 수 없는 존재 말이다.

학교를 졸업하기 무섭게 그 짝과 안녕을 고했다. 아무도 내게 책을 읽고 글을 쓰라 하지 않았다. 드디어 나는 자유가 되었다. 교과서가 사라진 책장은 텅텅 비어 버렸다.

"그래도 남다른 상상력이 있었겠죠."

소설을 읽듯, 사람들은 타인의 삶에서도 개연성을 찾는다. 하지만 아무리 과거를 반추해 봐도 내게 작가가 될 싹은 전혀 보이지 않았다. 어쩌면 그래서 인간의 삶인지 모르겠다.

주위를 둘러보면 개연성과는 상관없는 인생이 참 많다. 좋아하는 감독조차 없던 한 친구는, 어느 날 갑자기 영화를 공부하겠다며 훌쩍 유학길에 올랐다. 음대에 진학해 성악을 전공하려던 친구는 어엿한 사장님이 되었다. 책이라면 진저리 치던 누군가는 작가가 되었다. 그 어떤 평균과 통계로도, 인간의 삶을 예측하기란 정말 어렵다.

그럼에도 삶의 평균과 보통을 찾는 경우가 있다. 10대 또는 20~30대는 이래야 한다는 기준 같은 것 말이다. 물론 그것이 꼭 나쁘다고만 볼 수는 없다. 같은 이치로 그 기준에 벗어나는 것 역시 전혀 문제 되지 않는다.

잎이 무성하거나 가지만 앙상하게 남아 있어도 우린 모두 나무라 부른다. 세상에는 무수히 많은 종류의 나무가 있고, 어느 하나의 모습만을 나무의 전형이라 말하지 않는다. 한곳에 뿌리 내린 나무도 이럴진대 두 다리가 자유로운 인간은 어떠할까?

지금 기쁘거나 혹은 슬픈가. 성공했거나 실패했는가. 꿈을 이뤘거나 좌절했는가. 인정받거나 그 반대인가. 그 어떤 상황에서도 이것이 전부라 생각하지 말기를. 긍정이든 부정이든, 삶은 쉽사리 예측대로 흘러가지 않는다. 『보통의 노을』을 처음 쓸 때만 해도, 나는 이 이야기가 한 권의 책으로 나오리라 전혀 예상하지 못했다.

노을과 성하, 동우의 이야기에 귀 기울여 주신 김정택 편집자님께 고개 숙여 감사드린다. 글쟁이 아내와 엄마 때문에 많은 것을 희생하는 우리 집 두 남자에게도 늘 고맙고 미안하다. 마지막으로

이 책을 읽어 주신 여러분께 진심 어린 감사를 전한다.

나는 모든 이야기가 끝나야 비로소 제목이 생각난다. 그건 인간의 삶도 마찬가지다. 삶의 제목을 정하기엔 여러분과 나는 아직 시간이 많이 남아 있다. 그러니 더 많은 도전과 모험, 성공과 실패, 아픔과 기쁨을 경험해 보길 바란다. 아주 멀고 먼 훗날, 여러분의 삶에도 멋진 제목이 달릴 테니까.

책을 읽으며 늘 궁금했다. 작가들은 '작가의 말'을 쓸 때 어떤 기분일까? 분명 말로는 형용할 수 없는 복잡하고 미묘한 감정이겠지? 가슴이 막 벅차오르지 않을까? 그런데 막상 내가 작가가 되어 마지막을 써 보니, 오직 한 가지 생각밖에 들지 않는다. 아! 이거 진짜 쓰기 힘들다. 이것 보시라, 삶은 결코 예상대로 흘러가지 않는다. 그래서 힘들고, 덕분에 재미있다. 여러분의 삶에는 가급적 재미있는 일만 가득하기를.

2021년 1월

이희영

보통의 노을

© 이희영, 2021

초판 1쇄 발행일 | 2021년 2월 8일
초판 12쇄 발행일 | 2024년 1월 29일

지은이 | 이희영
펴낸이 | 정은영

펴낸곳 | (주)자음과모음
출판등록 | 2001년 11월 28일 제2001-000259호
주 소 | 10881 경기도 파주시 회동길 325-20
전 화 | 편집부 (02)324-2347, 경영지원부 (02)325-6047
팩 스 | 편집부 (02)324-2348, 경영지원부 (02)2648-1311
E-mail | jamoteen@jamobook.com

ISBN 978-89-544-4576-4(43810)

잘못된 책은 교환해 드립니다.
저자와의 협의하에 인지는 붙이지 않습니다.